AUSTRAL JUVENIL

Título original:
Ramona Quimby, age 8

Diseño colección:
Miguel Ángel Pacheco

BEVERLY CLEARY
RAMONA
EMPIEZA EL CURSO

TRADUCCIÓN DE GABRIELA BUSTELO
ILUSTRACIONES DE ALAN TIEGREEN

ESPASA CALPE, S.A. MADRID

Sexta edición

Primera edición: mayo, 1988
Sexta edición: marzo, 1996

Dibujo cubierta: Juan Ramón Alonso
Editor original: William Morrow and Company, Nueva York
© Berverly Cleary, 1981
© Ed. cast.: Espasa Calpe, S. A., Madrid, 1988
Depósito legal: M. 7.644—1996
ISBN 84—239—2791—1

Impreso en España/Printed in Spain
Impresión: UNIGRAF, S. L.

Editorial Espasa Calpe, S. A.
Carretera de Irún, km 12,200. 28049 Madrid

Beverly Cleary, la autora, nació en una pequeña
ciudad en el estado de Oregón.
Se graduó en la Universidad de Berkeley
y más tarde estudió en la Escuela de Bibliotecarios
de la Universidad de Washington,
especializándose en bibliotecas infantiles.
En 1940 se casó y se trasladó a California,
donde nacieron sus dos hijos gemelos: un niño y una niña.
En 1955 publicó su primer libro para niños.
Desde entonces ha escrito casi treinta libros
que han merecido innumerables premios.
Unos, otorgados por prestigiosos organismos
por su importante contribución
a la literatura infantil y juvenil; otros,
concedidos por votación entre los jóvenes lectores.
En esta colección ha publicado además
Querido señor Henshaw (AJ 66),
galardonado con la **Medalla Newbery, 1984,**
Ramona y su padre (AJ 70),
Ramona y su madre (AJ 103)
y *¡Viva Ramona!* (AJ 120).
Las aventuras de Ramona han inspirado
una popular serie de televisión.

Alan Tiegreen es un conocido dibujante
norteamericano. Actualmente vive con su familia
en Atlanta, Georgia, y enseña ilustración
en la Universidad de dicho estado.
Con las ilustraciones de los cinco libros de Ramona
ha conquistado a los niños de todos los países
en los que se ha traducido esta divertida serie.

El primer día de colegio

Ramona tenía la esperanza de que sus padres se olvidaran de darle las recomendaciones de siempre. No quería que nada estropeara este día tan emocionante.

—Fastídiate; voy a ir al colegio en autobús yo sola —alardeó ante su hermana Beatriz mientras desayunaban.

Notó un estremecimiento en el estómago al pensar en el día tan divertido que le esperaba, un día que iba a empezar montando en autobús el tiempo suficiente para sentirse lejos de casa pero no lo bastante para marearse. Ramona iba a ir en autobús porque durante el verano habían tenido lugar una serie de cambios en los colegios de la zona de la ciudad donde vivían los Quimby. El Glenwood, el colegio al que iban las niñas antes, se iba a dedicar a la enseñanza secundaria solamente, por lo que Ramona tenía que empezar a ir al colegio Cedarhurst.

—Fastídiate tú — dijo Bea, que estaba demasiado contenta para enfadarse con su hermana pequeña—. Yo empiezo hoy la enseñanza superior.

—Enseñanza secundaria —le corrigió Ramona, que no estaba dispuesta a permitir que su hermana se hiciera la mayor—. El instituto Rosemont no es lo mismo que la universidad, y además tienes que ir andando.

Ramona había llegado a una edad en que podía exigir a los demás que hablaran con propiedad y a sí misma también. Durante todo el verano, cuando alguna persona mayor le había preguntado en qué curso estaba, al contestar «en tercero», le había dado la sensación de que mentía, porque la verdad es que no había empezado tercero. Pero no podía decir que estaba en segundo, puesto que lo había terminado en junio.

Los mayores no entienden que en verano no existen los cursos.

—Fastidiaos las dos —dijo el señor Quimby mientras llevaba sus platos del desayuno a la cocina—. No sois las únicas que vais al colegio hoy.

El día anterior había dejado de trabajar como cajero en el supermercado *Shop-Rite*. Hoy iba a volver a la universidad, porque quería convertirse en lo que él llamaba un profesor de verdad. También iba a trabajar un día a la semana en el almacén de congelados de la cadena de supermercados *Shop-Rite* para «ir tirando», como dicen los mayores, hasta que terminara de estudiar.

—Os vais a fastidiar todos vosotros como no os deis prisa —dijo la señora Quimby, removiendo la espuma que había en el barreño de fregar.

Se separó de la pila para no manchar el uniforme blanco que llevaba en la consulta del médico donde trabajaba de recepcionista.

—Papá, ¿te van a poner deberes?

Ramona se limpió el bigote de leche y recogió sus platos del desayuno.

—Claro.

El señor Quimby intentó dar a Ramona con un trapo de cocina mientras pasaba junto a él. Ramona soltó una risita y lo esquivó, contenta de verle contento. Ya nunca volvería a estar todo el día sentado delante de la caja de un supermercado, sumando las compras de una fila enorme de personas que tienen prisa.

Ramona deslizó su plato dentro del agua.

—¿Y mamá va a tener que firmar tus notas?

La señora Quimby soltó una carcajada.

—Espero que sí —dijo.

Bea fue la última en llevar sus platos a la cocina.

—Papá, ¿tienes que estudiar para ser profesor? —preguntó.

Ramona había estado haciéndose la misma pregunta. Su padre sabía leer y sabía matemáticas. Sabía quiénes eran los exploradores de Oregón y sabía las equivalencias de las medidas.

El señor Quimby secó un plato y lo metió en el armario.

—Voy a estudiar arte, porque quiero ser profesor de arte. Y voy a estudiar el desarrollo infantil...

Ramona le interrumpió:

—¿Qué es el desarrollo infantil?

—Cómo crecen los niños —contestó su padre.

«¿Hay que ir a la universidad para estudiar una cosa como ésa?», se preguntó Ramona. Llevaba toda la vida oyendo que para crecer hay que comer bien, normalmente cosas que no gustan, y dormir mucho, casi siempre cuando se tienen cosas más interesantes que hacer.

La señora Quimby colgó la bayeta, cogió a *Tiquismiquis,* el gato viejo y color canela que tenían los Quimby, y lo soltó en la parte de arriba de las escaleras del sótano.

—En marcha —dijo—, o vais a llegar todos tarde al colegio.

Después de las prisas de toda la familia lavándose los dientes, el señor Quimby dijo a sus hijas:

—Poned la mano.

Y en cada una de ellas dejó caer una goma de borrar, nueva y de color rosa.

—Es para daros suerte —dijo—, no porque piense que os vais a equivocar.

—Gracias —dijeron las niñas.

Cualquier regalo les hacía ilusión, por muy pequeño que fuera, porque mientras la familia había estado ahorrando dinero para que el señor Quimby volviera a estudiar, los regalos habían sido escasos. A Ramona, que le gustaba dibujar tanto como a su padre, le gustó especialmente su goma nueva, suave, de color rosa perlado, con un ligero olor a plástico y perfecta para borrar rayas hechas a lápiz.

La señora Quimby dio a cada miembro de la familia su comida, dos en bolsas de papel y una, la de Ramona, en una maletita especial.

—Bueno, Ramona... —empezó su madre.

Ramona suspiró. Ya había llegado el momento de las recomendaciones que tanto odiaba.

—Por favor —dijo su madre—, sé amable con Guillermina.

Ramona hizo una mueca.

—Yo lo intento, pero es muy difícil.

Lo de portarse bien con Guillermina era la parte de su vida que no iba a cambiar, y era la que estaba deseando que cambiara. Todos los días, después del colegio, tenía que ir a casa de su amigo Javier Kemp, y sus padres pagaban a la abuela de Javi para que la cuidara hasta que uno de ellos pudiera pasar a recogerla. Los padres de Javi también iban todos los días a trabajar. A Ramona le caía bien Javi, pero después de haberse pasado todo el verano, sin contar las clases de natación del parque, metida en casa de los Kemp, estaba harta de tener que jugar con Guillermina, que sólo tenía cuatro años. También estaba harta de merendar zumo de manzana y galletas saladas todos los días.

—Da igual lo que haga Guillermina —se quejó Ramona—, porque, según su abuela, siempre tengo la culpa yo, que soy mayor. Como la vez que se puso las aletas cuando estaban regando, porque decía que era la sirena que sale en la lata de atún, y mojó el suelo de la cocina. ¡La señora Kemp dijo que yo tenía que vigilar a Guillermina, porque es demasiado pequeña para saber lo que se puede hacer y lo que no!

La señora Quimby abrazó a Ramona.

—Ya sé que no es fácil, pero tienes que hacer un esfuerzo.

Su padre, al ver que Ramona suspiraba, le dio un abrazo y dijo:

—Contamos contigo, campeona —y luego, empezó a cantar:

Una campeona es como una reina,
con su corona...

A Ramona le gustó oír la letra nueva que se había inventado su padre para la canción de la hormiga que movía el árbol de caucho y le gustaba sentirse mayor para que pudieran contar con ella, pero, a veces, cuando estaba en casa de los Kemp, le daba la sensación de que todo dependía de ella. Si la abuela de Javi no la cuidara, su madre no podría trabajar durante todo el día. Si su madre no trabajara durante todo el día, su padre no podría ir a la universidad. Si su padre no fuera a la universidad, quizá tendría que volver a ser cajero y ese trabajo le cansaba y le ponía de mal humor.

Aun así, Ramona tenía demasiadas cosas interesantes en que pensar como para que sus responsabilidades le preocuparan mientras se dirigía a la parada de su ruta bajo el sol de otoño, con la goma nueva en la mano, sandalias nuevas en los pies, ese estremecimiento en el estómago y la canción sobre una campeona dándole vueltas en la cabeza.

Pensó en el trabajo nuevo de su padre, yendo de un lado a otro de un almacén, montado en un camión con pinzas para coger el zumo de naranja, los guisantes, las barritas de pescado y los demás productos congelados que hay en los supermercados. Su padre se llamaba a sí mismo el ayudante de Papá Noel, porque la temperatura que había en el almacén era inferior a cero grados y tenía que llevar ropa gruesa y acolchada para no congelarse. A Ramona le parecía un trabajo divertido, pero estaba segura de que no iba a divertirle tanto que su padre diera clases de arte a otros niños, e intentó no pensar en ello de momento.

En cambio, Ramona pensó en Bea yendo a otro colegio, donde iba a dar clases de cocina y desde donde no podría venir a socorrer a su hermana pequeña si ésta tenía algún problema. Mientras se iba acercando a la parada de su ruta, Ramona pensó en una de las ventajas de su colegio nuevo: ninguna de las profesoras sabría que ella era la hermana pequeña de Beatriz. A las profesoras siempre les caía bien Beatriz por lo cumplidora y ordenada que era. Cuando estaban las dos juntas en el colegio Glenwood, a Ramona le daba la impresión de que las profesoras pensaban a menudo: «Qué pena que Ramona Quimby no se parezca más a su hermana mayor.»

Cuando Ramona llegó a la parada se encontró con Javi Kemp esperando el autobús con su abuela y con Guillermina, que había venido a despedirle.

Javi levantó la vista de su maletita de la

comida, que había abierto para ver lo que le habían puesto, y dijo a Ramona:

—Con esas sandalias parece que tienes los pies enormes.

—Pero, Javi —dijo su abuela—. Esas cosas no se dicen.

Ramona se miró los pies fijamente. Javi tenía razón, pero, ¿qué tenía de raro que sus pies parecieran grandes? Le habían crecido desde que tuvo el último par de sandalias. No era ninguna ofensa.

—Hoy empiezo *párgulos* —alardeó Guillermina, que llevaba unos pantalones de peto nuevos, una camiseta y unos pendientes viejos de su madre.

Guillermina estaba convencida de que era guapa, porque se lo decía su abuela. La madre de Ramona decía que la señora Kemp tenía razón. Guillermina era guapa cuando estaba limpia, porque era una niña sana. Pero Guillermina no se creía guapa por ser sana. Se creía igual de guapa que una señora mayor de las que salen en la tele.

Ramona hizo un esfuerzo por ser amable con Guillermina. Al fin y al cabo, su familia dependía de ella.

—A *párgulos* no, Guillermina —dijo—. Querrás decir al jardín de infancia.

Guillermina miró a Ramona con aspecto enfurecido y obcecado.

—Sí que voy a *párgulos* —dijo—. Ya soy muy mayor.

—Qué graciosa —dijo su abuela, admirándola como siempre.

El autobús, el pequeño autobús amarillo con el que Ramona llevaba todo el verano soñando, se detuvo junto al bordillo. Ramona y Javi subieron como si estuvieran acostumbrados a montar solos en autobús. «Lo he hecho igual que los mayores», pensó Ramona.

—Buenos días. Soy la señora Hanna, la encargada del autobús. Sentaos en los primeros asientos que veáis libres en la parte de atrás.

Ramona y Javi se sentaron cerca de la ventanilla, uno en cada lado del autobús, que tenía un agradable olor a nuevo. A Ramona le horrorizaba el olor a gente y a humo de los grandes autobuses de la ciudad.

—Adiós —gritaron la señora Kemp y Guillermina, despidiéndoles con la mano como si Ramona y Javi fueran a hacer un viaje muy, muy largo—. Adiós.

Javi hizo como si no las conociera.

En cuanto arrancó el autobús, Ramona notó una patada en el respaldo de su asiento. Se dio la vuelta y vio a un chico robusto que llevaba una gorra de béisbol con la visera levantada y una camiseta blanca en la que había una palabra muy larga. Miró la palabra detenidamente: *Terremoto*. Un equipo de algo. Sí, seguro que su padre le llevaba a ver partidos de fútbol o de baloncesto. No llevaba comida, y eso quería decir que iba a comer en la cafetería.

Ahora que ya era mayor a Ramona no le

parecía bien llamarle «plomo». Siguió mirando hacia delante sin decir nada. Este niño no iba a estropearle su primer día en tercero.

Plaf, plaf, plaf, contra el respaldo del asiento de Ramona. El autobús se detuvo para recoger a más niños, unos nerviosos, otros preocupados. Las patadas continuaban, Ramona siguió sin reaccionar, mientras el autobús pasaba por delante de su antiguo colegio. «Qué tiempos aquéllos», pensó Ramona, como si hubiera dejado de ir al colegio Glenwood hacía años.

—Oye, Dani —dijo la encargada del autobús al niño que daba patadas—. Mientras yo esté al frente de la diligencia, no se dan patadas en los asientos. ¿Comprendido?

Ramona sonrió al oír a Dani murmurar una respuesta. Qué gracioso, la encargada del autobús decía que estaba al frente de la diligencia, como si estuviera custodiando un cargamento de oro, en vez de estar vigilando un autobús amarillo lleno de niños de colegio.

Ramona empezó a imaginarse que iba en una diligencia perseguida por unos bandidos, hasta que se dio cuenta de que su goma, su preciosa goma rosa, había desaparecido.

—¿Has visto una goma? —preguntó a una niña de segundo que se había sentado a su lado.

Las dos buscaron por el asiento y en el suelo. Ni rastro de la goma.

Ramona notó un golpecito en el hombro y se dio la vuelta.

—¿Era una goma rosa? —le preguntó el niño de la gorra de béisbol.

—Sí —dijo Ramona, dispuesta a perdonarle por haber dado patadas al asiento—. ¿La has visto?

—No.

El niño hizo una mueca y se bajó la visera de la gorra.

Esa mueca fue demasiado para Ramona.

—¡Mentiroso! —dijo, echando chispas por los ojos y volviendo a mirar hacia delante, enfadada por haber perdido su goma nueva, furiosa consigo misma por haberla dejado caer de forma que el niño pudiera verla. «Plomo», se dijo para sus adentros y pensó que ojalá en la cafetería le dieran pescado y judías verdes de lata, de esas que tienen hilos. Y de postre, manzana asada, de esa blandurria que tiene la piel dura.

El autobús se detuvo en el colegio nuevo de Ramona, el Cedarhurst, un edificio de dos pisos, de ladrillo rojo, muy parecido a su colegio anterior. Mientras iban bajando los niños del autobús, Ramona se estremeció un poco, con una sensación de triunfo. No se había mareado. Se dio cuenta de que había crecido, incluso más que sus pies. Los de tercero eran los mayores —sin contar a los profesores, claro— de este colegio. Al ver a los pequeñajos de primero y segundo corriendo por el patio de recreo, con ese aspecto tan joven, Ramona se sintió alta, mayor y... pues, eso, con la experiencia necesaria.

Dani pasó a su lado a empujones.

—¡Ahí va! —gritó a otro niño.

Algo pequeño y de color rosa voló por el aire hasta llegar a las manos del segundo niño. Éste se puso en posición, como si fuera a lanzar una pelota de béisbol, y la goma salió volando hacia Dani.

—¡Dame mi goma!

Llevando en alto la maleta de la comida, Ramona persiguió a Dani, que empezó a correr, esquivando a los niños de primero y segundo. Cuando ya estaba a punto de alcanzarle, Dani lanzó la goma a otro niño. Si Ramona no se hubiera dado con la maleta de la comida en las rodillas, puede que le hubiera cogido. Por desgracia, el timbre sonó antes de que le diera tiempo.

—¡Gamberros! —gritó Ramona.

Así llamaba a los niños que siempre cogen los mejores balones, salen los primeros al recreo y se ponen a jugar al fútbol donde los demás están jugando al avión. Vio cómo su goma rosa volvía a caer en manos de Dani.

—¡Gamberros! —volvió a gritar con lágrimas de rabia en los ojos—. ¡Gamberros asquerosos!

Los niños, por supuesto, no le hicieron ni caso.

Indignada, Ramona entró en su colegio nuevo y subió las escaleras en busca del aula que le habían asignado, descubriendo al llegar que desde las ventanas, por encima de los tejados y las copas de los árboles, se veía el monte Hood a lo lejos. «Ojalá entre en erupción», pensó, porque ella estaba a punto de estallar de furia.

En la clase nueva de Ramona, todo eran nervios y confusión. A algunos de los niños los conocía de su colegio anterior. Todos hablaban a la vez, saludando a gritos a los conocidos y mirando a quienes pronto se convertirían en amigos, rivales o enemigos. A Ramona le dio pena que no estuviera Javi, a quien le había tocado en otra clase, pero, cómo no, el gamberro ese, Dani, estaba ahí, sentado en un pupitre, con la gorra de béisbol puesta y pasándose la goma nueva de Ramona de una mano a otra. Ramona estaba tan indignada que no dijo nada. Lo que quería era pegarle. ¿Quién se habría creído que era para estropearle el día de esa manera?

—Bueno, chavales, silencio —dijo la profesora.

Ramona se quedó atónita al oír que les llamaba chavales. La mayoría de las profesoras que había tenido hubieran dicho algo parecido a: «Creo que estoy hablando muy alto. ¿Será por el ruido que estáis haciendo?»

Ramona eligió una silla de la primera fila y se puso a contemplar a su profesora nueva, una mujer de aspecto fuerte, con el pelo corto y la piel muy morena. «Como mi profesora de natación», pensó Ramona.

—Soy la señora Ballenay —dijo la profesora mientras iba escribiendo su nombre en la pizarra—. B-a-l-l-e-n-a-y. Soy una ballena con un rabo en forma de «y».

Soltó una carcajada y su clase también. Luego, la ballena con un rabo en forma de «y» dio a Ramona unas tiras de papel.

—Repártelas, por favor —le pidió—. Voy a necesitar carteles con vuestros nombres, hasta que os vaya conociendo.

Ramona obedeció, y mientras iba andando entre los pupitres se dio cuenta de que sus sandalias crujían. *Cric, crac, cric.* Soltó una risita y lo mismo hizo el resto de la clase. *Cric, crac, cric.* Ramona fue por un pasillo y volvió por otro. A la última persona a quien dio su tira de papel fue al niño del autobús, que seguía con la gorra de béisbol puesta.

—¡Devuélveme la goma, so gamberro! —susurró.

—Cógela, si puedes, pies grandes —susurró él con una sonrisa.

Ramona se miró los pies. ¿Pies grandes? Piesgrandes es una criatura peluda, de tres metros de altura, que, según dicen, deja huellas de pisadas gigantescas en la nieve de las montañas de Oregón. Hay personas que creen haber visto a Piesgrandes deslizándose entre los bosques, pero nadie ha sido capaz de demostrar que exista de verdad.

¡Conque pies grandes! A Ramona le habían crecido los pies, pero no los tenía inmensos. No pensaba quedarse callada ante semejante insulto.

—Y tú eres superpiés, so gamberro —dijo en voz alta, dándose cuenta, demasiado tarde, de que acaba de ponerse un mote nuevo a sí misma.

Ante su gran asombro, el gamberro sacó la goma de su bolsillo y se la dio con una sonrisa. ¡Vaya! Llevando la nariz muy alta, Ramona volvió a su asiento entre crujidos. Se sentía tan satisfecha de sí misma que volvió por el camino más largo, flexionando los pies todo lo que podía para que los crujidos fueran más fuertes. ¡Había hecho lo que tenía que hacer! No se había dejado intimidar cuando el gamberro le había llamado pies grandes y ahora tenía la goma en la mano. Seguro que a partir de ese momento el gamberro iba a llamar a Ramona con el mote de superpiés, pero le daba igual. Superpiés era un nombre que se había puesto a sí misma. Ahí estaba la diferencia. Ella había ganado.

Ramona se dio cuenta de que se seguían oyendo sus crujidos en medio de un silencio insólito. Se detuvo bruscamente al ver a su profesora nueva mirándola y sonriendo. Todos los demás niños miraban fijamente a la profesora.

—Ya nos hemos dado cuenta de que tienes zapatos musicales —dijo la señora Ballenay.

La clase entera soltó una carcajada, por supuesto.

Andando con las piernas rectas y sin flexionar los pies, Ramona logró llegar a su asiento sin un crujido. No sabía qué pensar. Al principio había creído que la señora Ballenay la estaba regañando, pero también era posible que estuviera haciendo una broma. Con los mayores nunca se sabe. Ramona acabó diciendo que si una profesora dejaba al gamberro llevar puesta la gorra de béisbol en clase, no le podían importar mucho unos zapatos que crujían.

Se inclinó sobre su tira de papel y escribió lenta y cuidadosamente, con su mejor letra: *Ramona Quimby, 8 años*. Se quedó mirando lo que había escrito y se puso contenta. Le gustaba sentirse mayor en su colegio nuevo. Le gustaba —mejor dicho, estaba casi segura de que le gustaba— tener una profesora tan tranquila. El gamberro... Bueno, era el único problema, pero, por ahora, había conseguido mantenerle a raya. Además, a pesar de que probablemente no iba a ser capaz de reconocerlo ante nadie, ahora que había recuperado su goma, el gamberro le caía bien, casi bien. Era como una especie de reto.

Ramona empezó a adornar las zonas blancas que rodeaban su nombre, dibujando espirales y flores. Estaba contenta, además, porque su familia había estado de buen humor esa mañana y porque ya era lo bastante mayor como para que su familia confiara en ella.

Sólo le quedaba el problema de Guillermina...

En casa de Javi

—Y pórtate bien con Guillermina —dijo la señora Quimby al dar a Ramona su comida.

Los mayores suelen olvidarse de que a los niños no les gusta que les obliguen a portarse bien con otros niños.

Ramona hizo una mueca.

—Madre, ¿vas a decirme lo mismo todas las mañanas? —preguntó con un gesto de desesperación.

Por dentro, muy dentro, donde guardaba sus secretos más profundos, a Ramona le apetecía portarse horriblemente con Guillermina.

—Bueno, bueno. Intentaré no repetirme —dijo la señora Quimby sonriendo—. Ya sé que no es fácil.

Dio un beso a Ramona y le dijo:

—Anima esa cara y date prisa, que vas a perder el autobús.

A pesar de que ahora estaba en tercero, las cosas no eran tan fáciles. Su padre casi siempre estaba cansado, tenía prisa o estaba estudiando en la mesa del comedor, y entonces no se podía ver la tele para no molestarle. En cuanto al colegio, aún no sabía muy bien si la señora Ballenay le convencía o no. En primero, Ramona había descubierto que es importante que a uno le guste su profesora. Y a pesar de que su familia la comprendía, Ramona seguía odiando esa parte del día que pasaba en casa de Javi con la señora Kemp y Guillermina.

Ésas eran las partes malas de estar en tercero. También había partes buenas. A Ramona le gustaba ir al colegio en autobús y le gustaba ser capaz de mantener a raya al gamberro. Además, durante la segunda semana de colegio empezó otra parte buena de estar en tercero.

Justo antes de que su clase se dirigiera a

hacer la visita semanal a la biblioteca del colegio, la señora Ballenay anunció:

—A partir de hoy vamos a hacer lectura silenciosa prolongada todos los días.

A Ramona le gustó cómo sonaba lo de lectura silenciosa prolongada porque parecía importante, a pesar de que no estaba muy segura de entenderlo.

—Esto quiere decir que todos los días, después de comer, vamos a sentarnos en nuestras mesas y leer en silencio un libro que hayamos elegido en la biblioteca.

—¿Valen los de misterio? —preguntó alguien.

—Valen los de misterio —dijo la señora Ballenay.

—¿Tenemos que hacer resúmenes de lo que leamos? —preguntó un alumno desconfiado.

—No hay que hacer resúmenes de los libros de lectura silenciosa prolongada —les prometió la señora Ballenay. Luego continuó—: Me parece que lo de lectura silenciosa prolongada no suena muy interesante, así que será mejor ponerle otro nombre.

Escribió tres letras mayúsculas en la pizarra y al irlas señalando, las deletreó:

— TAL. A ver si adivináis lo que significan estas letras.

La clase entera se puso a pensar y pensar.

—Tengo amigos listos —sugirió alguien.

Una buena idea, pero no era la respuesta correcta.

—Temo al lector— sugirió el gamberro.

La señora Ballenay soltó una carcajada y le dijo que siguiera intentándolo.

Mientras Ramona pensaba, se puso a mirar por la ventana al cielo azul, las copas de los árboles y, a lo lejos, el pico nevado del monte Hood que parecía un cucurucho de helado a medio comer. La «T» podía ser «Todos» y la «A» podía quedarse igual que estaba.

—Todos a limpiar —dijo Ramona, casi sin darse cuenta.

La señora Ballenay, que no era una profesora de las que pretenden que siempre se levante la mano para hablar, soltó una carcajada y dijo:

—Casi has acertado, Ramona, pero, ¿te acuerdas de lo que estábamos hablando?

—¡Todos a leer! —dijo el resto de la clase a coro.

«¡Qué tonta soy!», pensó Ramona. Le dio rabia no haberlo adivinado ella sola.

Ramona decidió que prefería lectura silenciosa prolongada a TAL, porque le sonaba más serio. Cuando llegó el momento de todos a leer, ella se puso muy convencida a hacer su lectura silenciosa prolongada.

Le gustaba mucho poder leer tranquilamente en el colegio. No hacía falta esconder el libro debajo de la mesa o detrás de un libro más grande. No tenía que hacer listas de las palabras que no entendía, con lo cual podía deducir el significado por el resto de la frase o adivinando. La señora Ballenay no pretendía que escribieran resúmenes de lo que habían leído, así que no había que elegir libros fáciles para tener el resumen bien. Si la señora Ballenay también le dejara dibujar tranquilamente, el colegio sería casi perfecto.

Sí, la lectura silenciosa prolongada era la mejor parte del día. Javi y Ramona hablaron de ello al salir del colegio, mientras andaban desde la parada de la ruta hacia casa de Javi, y los dos estaban de acuerdo. Al llegar se encontraron con dos niños que se habían hecho amigos de Javi en el colegio Cedarhurst y que le estaban esperando con sus bicicletas.

Ramona se sentó en los escalones de la casa de los Kemp, cogiéndose las rodillas con las manos, dejando a su lado el libro de cuentos de hadas que leía en lectura silenciosa prolongada y mirando con cara de pena las bicicletas de los dos niños mientras Javi sacaba la suya del garaje.

Javi era una buena persona y Ramona era su amiga. Por eso le preguntó:

—Ramona, ¿quieres ir en mi bici hasta la esquina y volver?

¿Que si quería? Ramona se levantó de un salto, deseando que le tocara el turno.

—Sólo una vez —dijo Javi.

Ramona se montó en la bicicleta y, con los otros tres niños observándola en silencio, llegó bamboleándose hasta la esquina sin caerse. Le dio vergüenza tener que bajarse de la bicicleta para dar la vuelta, pero regresar fue más fácil —por lo menos, no se tambaleó tanto— y logró bajarse como si estuviera muy acostumbrada a hacerlo. «Sólo me hace falta practicar un poco», pensó Ramona mientras Javi se abalanzaba sobre su bicicleta y se marchaba con sus amigos, con lo cual a Ramona no le quedó más remedio que coger su libro y entrar en la casa, donde estaba Guillermina.

Ahora que Guillermina había empezado a ir al jardín de infancia se le ocurrían muchas cosas. Una de ellas era disfrazarse. Recibió a Ramona en la puerta con una cortina vieja encima de los hombros.

—Date prisa. Tienes que merendar —ordenó a Ramona mientras su abuela veía la televisión y hacía ganchillo.

Resultó que la merienda era un zumo de piña y galletas de centeno, un cambio agradable, a pesar de que Guillermina la estuviera mirando impacientemente hasta que se tragó el último bocado.

—Bueno. Yo soy la señora y tú eres el perro —mangoneó Guillermina.

—Pero yo no quiero ser un perro —dijo Ramona.

La abuela de Guillermina levantó la vista de su ganchillo, recordando a Ramona con la mirada que su deber como miembro de la familia Quimby era llevarse bien con los Kemp. Entonces, ¿tenía que hacer de perro porque se le había ocurrido a Guillermina?

—Tienes que ser el perro —dijo Guillermina.

—¿Por qué?

Ramona miró de reojo a la señora Kemp para saber hasta dónde podía llegar negándose a cumplir las órdenes de Guillermina.

—Porque lo digo yo, que soy una señora guapa y rica —le informó Guillermina.

—Pues yo soy una señora más guapa y más rica —dijo Ramona, que no se sentía guapa ni rica, pero no tenía ninguna intención de ponerse a gatear dando ladridos.

—Sólo puede haber una señora —dijo Guillermina— y yo lo he pedido primero.

Ramona tuvo que admitir que eso era cierto.

—¿Qué clase de perro tengo que ser? —preguntó, intentando ganar tiempo.

Puso cara de pena al ver su libro encima de una silla, el libro que tenía que leer en el colegio, pero que se había traído a casa porque le estaba gustando mucho.

Mientras Guillermina pensaba, la señora Kemp dijo:

—Cielo, acuérdate de que va a venir Bruno a jugar dentro de un ratito.

—¿Qué Bruno? —preguntó Ramona con la esperanza de que Bruno y Guillermina jugaran juntos y le dejaran leer tranquilamente.

—Bruno el que no hace pis en el patio de recreo —contestó Guillermina inmediatamente.

—¡Guillermina! —dijo la señora Kemp horrorizada—. Esas cosas no se dicen.

A Ramona no le sorprendió la respuesta. Era evidente que debía haber otro Bruno en el jardín de infancia de Guillermina, un Bruno que sí hacía pis en el patio de recreo.

Al final resultó que Ramona se libró de hacer de perro gracias a la llegada de un niño cuya madre le bajó del coche y esperó hasta que llegara a la puerta de la casa antes de marcharse.

Guillermina salió corriendo a recibirle y le presentó como Ramona esperaba:

—Éste es Bruno el que no hace pis en el patio de recreo.

Bruno puso cara de estar satisfecho consigo mismo.

La señora Kemp se sintió obligada a disculparse en nombre de su nieta.

—Guillermina no ha querido decir eso.

—Pero es verdad que no hago pis en el patio —dijo Bruno—. Hago pis en...

—Déjalo, Bruno —dijo la señora Kemp—. Bueno, ¿a qué vais a jugar los tres?

Ramona estaba atrapada.

—A disfrazarnos —contestó Guillermina inmediatamente.

En una esquina había una caja de cartón llena de ropa vieja y Guillermina la arrastró hacia ellos. A Bruno le dio una chaqueta vieja de su padre, un sombrero viejo y sus aletas de color azul. Se quitó la cortina de encima de los hombros y se la puso en la cabeza, anudándosela debajo de la barbilla. Luego se puso un trozo de sábana vieja sobre los hombros. Satisfecha, entregó una camisa vieja a Ramona, que se la puso sólo porque la señora Kemp estaba delante.

—Ya está —dijo Guillermina, complacida—. Yo soy la Ratita, la novia guapa, y Bruno es el Sapo y Ramona es el tío Ratón, y vamos todos a la fiesta de la boda.

Ramona no quería ser el tío Ratón.

—El señor Sapo va a visitar a la novia —cantó Guillermina.

Bruno le hacía el coro:

—Mmm, mmm.

Aparentemente, la canción era muy conocida en el jardín de infancia.

Ramona se unió a Bruno:

—Mmm.

—Dilo —ordenó Guillermina a Bruno.

—Guillermina, ¿te quieres casar conmigo? —cantó Bruno.

Guillermina dio una patada en el suelo.

—¡Guillermina, no! Ratita.

Bruno volvió a empezar.

—Ratita, ¿te quieres casar conmigo? —cantó.

—Sí, si me da permiso el tío Ratón.

—Mmm, mmm.

—Mmm, mmm —cantaron los tres.

Los dos niños de jardín de infancia miraron a Ramona, esperando que dijera su línea. Como no sabía qué palabras usaba el tío Ratón para dar permiso al señor Sapo para que se casara con la Ratita, dijo:

—Vale.

—Bueno —dijo Guillermina—. Ahora vamos a la fiesta de la boda.

Cogió a Bruno y Ramona de la mano.

—Dale la mano a Bruno —ordenó a Ramona.

Ramona logró encontrar la mano de Bruno dentro de la manga de la chaqueta. Bruno tenía la mano pegajosa.

—Ahora bailamos en corro —dirigió Guillermina.

Ramona saltaba, Guillermina trotaba y Bruno se balanceaba. Bailaron dando vueltas, tropezándose con la cola y el velo del traje de novia de la Ratita, pisoteando las aletas del señor Sapo, hasta que Guillermina dio la siguiente orden:

—Ahora, nos caemos al suelo.

Ramona se dejó caer al suelo mientras Guillermina y Bruno se desplomaban alborotadamente, en medio de grandes carcajadas. Por encima de sus risas y del sonido de la televisión, Ramona oyó los gritos de los niños que montaban en bicicleta fuera. Se preguntó cuánto tiempo tendría que esperar hasta que su madre viniera a rescatarla. Ojalá llegara antes de que los padres de Javi volvieran de trabajar.

Guillermina se puso en pie.

—Ahora, otra vez —dijo, radiante, convencida de que estaba guapísima con el velo de novia.

Los tres cantaron, bailaron y se tiraron al suelo una y otra vez. Mientras repetían el juego sin cesar, Ramona empezó a aburrirse y a variar las palabras que usaba para permitir al señor Sapo que se casara con la Ratita. Unas veces decía:

—Haz lo que quieras.

Y otras decía:

—Sí, pero te vas a arrepentir.

Guillermina no se daba cuenta, porque estaba deseando llegar a la parte de la fiesta, cuando todos se tiraban al suelo.

Y siguieron con el juego, una y otra vez, sin que Bruno y Guillermina parecieran cansarse. De repente, entró Bea con un montón de libros entre los brazos.

—Hola, Bea —dijo Guillermina, con la

cara roja de tanto reírse—. Tú también puedes jugar. Puedes ser el gato viejo que sale en la canción.

—Lo siento, Guillermina —dijo Bea—. No tengo tiempo para hacer de gato viejo. Tengo que hacer mis deberes.

Se sentó frente a la mesa del comedor y abrió un libro.

Ramona miró a la señora Kemp, que sonrió y siguió haciendo ganchillo. ¿Por qué Ramona tenía que jugar con Guillermina y Bea no? Porque era más pequeña. Por eso. Ramona estaba desesperaba ante semejante injusticia. Como era más pequeña, siempre tenía que hacer cosas que no quería hacer: irse a la cama antes, ponerse la ropa que se le había quedado pequeña a Bea y que su madre le había guardado, ir a coger cosas que estaban lejos, porque tenía las piernas más jóvenes y porque Bea siempre estaba haciendo deberes. Ahora tenía que llevarse bien con Guillermina —su familia entera dependía de ello— y Bea no.

Ramona volvió a echar una ojeada a su libro de cuentos de hadas que había dejado en una silla junto a la puerta de la entrada, y mientras contemplaba la cubierta gastada del libro se le ocurrió una idea. No sabía si funcionaría, pero /merecía la pena intentarlo.

—Guillermina, Bruno y tú vais a tener que perdonarme —dijo Ramona con toda su buena educación—. Tengo que hacer mi lectura silenciosa prolongada.

Por el rabillo del ojo, miró a la señora Kemp.

—Bueno —dijo Guillermina.

Aparte de estar impresionada por no haber entendido la última parte, Guillermina se conformaba con poder mangonear a

Bruno. La señora Kemp, que estaba contando puntos, se limitó a asentir con la cabeza.

Ramona cogió su libro y se instaló en una esquina del sofá. Bea se volvió y las dos hermanas intercambiaron miradas de complicidad mientras Guillermina y Bruno, ahora sin el tío Ratón, bailaban desenfrenadamente, dando vueltas y cantando a gritos:

—¡Había una vez un barquito chiquitito, que no podía, que no podía, que no podía navegar!

Ramona, muy contenta, se metió en el mundo de las princesas, los reyes y los hijos pequeños que siempre son los más listos, satisfecha de pensar que los Quimby tenían una hija pequeña que también era lista y que estaba cumpliendo con su deber.

La moda de los huevos duros

Como los cuatros miembros de la familia Quimby tenían que marcharse a horas diferentes y a sitios diferentes, por las mañanas todo eran prisas. Los días en que el señor Quimby tenía clase a las ocho, se marchaba pronto en coche. Bea se iba a continuación, porque tenía que ir al colegio andando y porque quería encontrarse con María por el camino.

Ramona era la tercera en marcharse. Le gustaba pasar esos minutos a solas con su madre, ahora que la señora Quimby ya no le recordaba que tenía que portarse bien con Guillermina.

—¿Te has acordado de ponerme un huevo duro en la comida como te dije? —preguntó Ramona una mañana.

Esa semana se habían puesto de moda los huevos duros en la clase de tercero. Los había puesto de moda el gamberro, que a veces se llevaba la comida. La semana pasada, la moda había sido llevar bolsas de cortezas de maíz. Ramona no había participado en esa moda, porque su madre no quería gastarse el dinero en comida poco alimenticia. Pero seguro que un huevo duro no le parecería mal, con lo nutritivos que son.

—Sí, me he acordado del huevo duro, cielo —dijo la señora Quimby—. Me alegro de que hayan empezado a gustarte por fin.

A Ramona no le pareció necesario explicar a su madre que aún no le gustaban los huevos duros, ni siquiera cuando los pintaban de colores en Semana Santa. Tampoco le gustaban los huevos pasados por agua, porque eran resbaladizos y pegajosos a la vez. A Ramona le gustaba el huevo hilado, pero no estaba de moda esa semana.

En el autobús, Ramona y Susana compararon sus comidas. Cada una se alegró de descubrir que la otra también tenía un huevo duro y las dos estaban deseando que llegara la hora de comer.

Mientras Ramona esperaba a que llegara el momento de la comida, el colegio le resultó increíblemente interesante. Cuando terminaron de hacer sus ejercicios de matemáticas, la señora Ballenay entregó a cada niño un frasco de cristal que contenía unos tres dedos de una sustancia azulada. Les explicó que eran copos de avena teñidos de azul. Ramona fue la primera en decir:

—Puaj.

La mayoría pusieron cara de asco y el gamberro hizo como si vomitara.

—Bueno, chicos, tranquilos —dijo la señora Ballenay.

Cuando la habitación se quedó en silencio, explicó que en clase de ciencias iban a estudiar los insectos de las frutas. Los copos de avena que les había dado tenían larvas de mosca.

—¿Y por qué creéis que están teñidos de azul? —les preguntó.

Varios niños dijeron que el tinte azul era alguna clase de comida para las larvas, vitaminas, quizá. Marta sugirió que el tinte azul podía ser para que a los niños pequeños no les entraran ganas de comérselos. Todos se rieron al oír esta idea. ¿A quién le iba a apetecer comer copos de avena fríos? El gamberro dio con la respuesta correcta: los copos estaban teñidos de azul para que se pudieran ver las larvas. Y sí que se veían: eran unos puntitos blancos.

Mientras todos los de la clase se inclinaban sobre sus pupitres haciendo carteles para sus frascos, Ramona escribió su nombre en la tira de papel que le habían dado y añadió: *8 años,* porque siempre lo ponía detrás de su firma. Luego dibujó moscas diminutas alrededor, antes de pegar el cartel en su frasco de copos de avena y larvas de mosca. Le hacía ilusión tener un frasco lleno de bichos para ella sola.

—Qué bien te ha quedado el cartel, Ramona —dijo la señora Ballenay.

Ramona se dio cuenta de que a su profesora le había gustado el cartel de verdad. Decidió que la señora Ballenay le estaba empezando a caer muy bien.

La mañana resultó tan satisfactoria que se le pasó rápidamente. Al llegar la hora de comer, Ramona cogió su comida y se fue a la cafetería. Después de hacer cola para que le dieran su vaso de leche, se sentó en una mesa con Sara, Julia, Marta y otras niñas de tercero. Abrió su maletita de la comida y allí, envuelto en una servilleta de papel, metido entre el sandwich y la naranja, estaba su huevo duro, suave y perfecto, del tamaño justo para cogerlo con la mano. Como Ramona quería dejar lo mejor para el final, se comió la parte del centro de su sandwich —atún con mahonesa— e hizo un agujero en la naranja para beberse el zumo. En tercero no se pelan las naranjas. Por fin, llegó el momento del huevo.

Los huevos duros se pueden pelar de muchas maneras. La que tenía más aceptación, y era el verdadero motivo de llevar un huevo al colegio, consistía en cascar el huevo contra la cabeza. Había dos formas de hacerlo: dando golpecitos tímidos o dándole un buen porrazo al huevo contra la cabeza.

Sara prefería la técnica de los golpecitos y Ramona, igual que el gamberro, la del porrazo. Ramona cogió su huevo, esperó a que todas las niñas de la mesa estuvieran mirando y *crac:* se encontró con la mano llena de cáscara de huevo y algo frío y viscoso bajándole por la cara.

Todas las niñas de la mesa de Ramona se quedaron con la boca abierta. Ramona tardó un momento en darse cuenta de lo que había ocurrido. El huevo estaba crudo. Su madre no lo había cocido. Intentó quitarse del pelo y de la cara la yema pastosa y la clara resbaladiza, pero sólo consiguió que las manos se le quedaran pegajosas. Se le saltaron las lágrimas de la rabia e intentó secárselas con las muñecas. Las bocas abiertas de la mesa se convirtieron en sonrisas. Ramona se dio cuenta de que el gamberro la estaba mirando desde otra mesa, riéndose.

Marta, una niña alta que siempre se ponía a hacer de madre, dijo:

—No te preocupes, Ramona. Yo voy contigo al cuarto de baño y te ayudo a limpiarte.

Ramona no se mostró precisamente agradecida.

—Déjame en paz —dijo, avergonzada de ser tan grosera.

No estaba dispuesta a que una niña de tercero la tratara como a una pequeñaja.

La profesora que estaba vigilando durante la hora de la comida se acercó para ver por qué se había armado tanto barullo. Marta reunió todas las servilletas de papel que habían llevado las de la mesa y se las dio a la profesora, que intentó limpiar a Ramona con ellas. Por desgracia, las servilletas no absorbieron el huevo, sino que esparcieron la clara y la yema por el pelo de Ramona. Empezó a notar que se le ponía la cara tirante al irse secando la clara.

—Acompáñala al despacho de la señora Larson —dijo la profesora a Marta—. A ella se le ocurrirá algo.

—Vamos, Ramona —dijo Marta como si Ramona estuviera en jardín de infancia,

y le puso una mano en el hombro, porque
no quería tocar esas manos tan pegajosas.

Ramona se apartó bruscamente.

—Puedo ir yo sola —dijo.

Tras dar esa respuesta, salió corriendo de la cafetería. Estaba tan enfadada que le dieron igual las risitas y las escasas miradas comprensivas del resto de los niños. Estaba indignada consigo misma por haber seguido una moda. Estaba furiosa con el gamberro porque se había reído. Pero lo que más rabia le daba era que su madre no hubiera cocido el huevo. Cuando llegó al despacho, Ramona tenía la cara tan tirante como una máscara.

Estuvo a punto de chocar con el señor Wittman, el director, lo cual le hubiera puesto más nerviosa todavía. Desde que Bea le había explicado que había que tratar al director como a un amigo, Ramona había intentado no encontrarse con él. Ramona no quería que fuera su amigo. Quería que se quedara en su despacho, distante e importante, dedicado a sus asuntos. El señor Wittman debía estar de acuerdo con ella, porque la esquivó casi dando un salto.

La secretaria del colegio, la señora Larson, vio a Ramona, se levantó como un resorte y dijo:

—Bueno, necesitas ayuda, ¿verdad?

Ramona asintió con la cabeza, agradecida a la señora Larson por comportarse como si todos los días entraran en su despacho niños con la cabeza llena de huevo. La secretaria la llevó a un cuarto diminuto en el que había una cama, un lavabo y un retrete.

—Vamos a ver —dijo la señora Larson—. ¿Cómo lo hacemos? Creo que lo mejor va a ser que te laves las manos primero y luego, mojarte la cabeza. Has oído hablar del champú de huevo, ¿verdad? Dicen que es buenísimo para el pelo.

—¡Aah! —gritó Ramona al meter la cabeza en el lavabo—. Está helada.

—En realidad, es mejor que no tengamos agua caliente —dijo la señora Larson—. No querrás tener huevos revueltos en el pelo, ¿verdad?

Le frotó el pelo y Ramona suspiró. Se lo enjuagó y Ramona volvió a suspirar.

—Bueno, ya está —dijo finalmente la señora Larson, dando a Ramona unas cuantas toallas de papel—. Sécate lo mejor que puedas. Ya te lavarás el pelo cuando llegues a casa.

Ramona cogió las toallas. Mientras estaba sentada en la cama, chorreando, frotándose y secándose el pelo, llena de furia y humillación, se puso a escuchar los ruidos que venían del despacho, el traqueteo de la máquina de escribir, el sonido del teléfono, la voz de la señora Larson al cogerlo.

Empezó a tranquilizarse y a encontrarse mejor. Quizá la señora Kemp le dejara lavarse el pelo después del colegio. Podía sugerir a Guillermina que jugaran a peluqueras y así no haría falta sacar el tema de la lectura silenciosa prolongada. Seguro que Guillermina iba a acabar dándose cuenta de que simplemente se trataba de leer un libro y Ramona quería retrasar ese momento todo lo posible.

Cuando estaba acabándose la hora de la comida, Ramona oyó a los profesores y profesoras entrando en el despacho para dejar papeles o coger recados de sus casilleros. Ramona hizo entonces un descubrimiento interesante: los profesores hablaban de sus clases.

—Mi clase se ha portado muy bien hoy —dijo una voz—. Ha sido maravilloso. Son unos angelitos.

—Yo no entiendo qué ocurre en mi clase

—dijo otra voz—. Ayer sabían restar y hoy ninguno parece acordarse.

—Puede que sea por el mal tiempo —surigió otra voz.

Ramona encontró esta conversación francamente interesante. Se había secado el pelo lo mejor que había podido cuando oyó la voz sonora y alegre de la señora Ballenay hablando con la señora Larson:

—Aquí tienes esos exámenes que te tenía que haber dado ayer —dijo—. Perdona por el retraso.

La señora Larson murmuró una respuesta.

Entonces la señora Ballenay dijo:

—Me han contado que la graciosita de mi clase ha aparecido con el pelo lleno de huevo. —Soltó una carcajada y añadió—: Menudo latazo.

Ramona se quedó tan atónita que ni siquiera intentó oír la respuesta de la señora Larson. ¡Graciosita! ¡Latazo! ¿Qué creía la señora Ballenay, que se había cascado un huevo crudo en la cabeza para hacerse la graciosita? Y que su profesora decía que era un latazo cuando no lo era ¿O sí lo era? Ramona no había pretendido romperse el huevo encima de la cabeza. La culpa la tenía su madre. ¿Se habría convertido en un latazo por lo del huevo?

No entendía por qué la señora Ballenay la consideraba un latazo. La que se había llenado las manos de huevo era Ramona, no la señora Ballenay. Pero la había oído claramente. Había dicho que Ramona era una graciosita y un latazo. Eso le sentó mal, muy mal.

Ramona se quedó sentada, con las toallas en la mano, intentando moverse lo menos posible. No se atrevía a tirar las toallas a la papelera, porque no quería hacer ni un ruido, por pequeño que fuera. Se acabó la hora de la comida y ella siguió sentada. Se había quedado sin fuerzas, anonadada. Se sentía incapaz de ponerse delante de la señora Ballenay. Jamás se atrevería.

La máquina de escribir de la señora Larson seguía traqueteando alegremente. Nadie se acordaba de Ramona, que era justo lo que ella quería. En realidad, quería olvidarse de sí misma y de su horrible pelo, que ahora, al secarse, se le estaba poniendo tieso. Ya no se sentía como una persona normal.

La siguiente voz que oyó Ramona fue la del gamberro.

—Señora Larson —dijo como si hubiera venido corriendo por el pasillo—. La señora Ballenay me ha dicho que le diga que Ramona no ha vuelto después de comer.

El traqueteo se detuvo.

—Dios mío —dijo la señora Larson, apareciendo en la puerta—. Pero, Ramona, ¿sigues ahí?

¿Qué podía contestar Ramona?

—Anda, vete a clase con Dani —dijo la

secretaria—. Perdona por haberme olvidado de ti.

—¿Tengo que ir? —preguntó Ramona.

—Claro —dijo la señora Larson—. Ya tienes el pelo casi seco. Estarás deseando volver a clase.

Ramona no quería volver a clase. Nunca más. Tercero se había estropeado para siempre.

—Venga, Ramona, vamos —dijo el gamberro, hablando por primera vez sin mala intención.

Sorprendida ante la simpatía del gamberro, Ramona salió del despacho, sin estar aún muy convencida. Pensaba que él iba a ir delante de ella, pero se puso a su lado, como si fueran amigos en vez de rivales. Le pareció extraño ir sola por el pasillo con un chico. Mientras iba andando junto a él, arrastrando los pies, a Ramona le entraron ganas de contar a alguien la horrible noticia.

—La señora Ballenay no me soporta —dijo en tono monocorde.

—No hagas ni caso a la ballena —dijo él—. Claro que le caes bien. Eres buena chica.

Ramona se quedó bastante sorprendida al oírle llamar «ballena» a su profesora. Sin embargo, la opinión del gamberro la consoló bastante. El gamberro le estaba empezando a caer bien, muy bien.

Al llegar a la clase, el gamberro, pensando quizá que había estado demasiado simpático con Ramona, se volvió hacia ella y dijo con su sonrisita de siempre:

—¡Cabeza de huevo!

¡Vaya! A Ramona no le quedó más remedio que entrar en clase detrás de él. La lectura silenciosa prolongada, o TAL, como la llamaba la señora Ballenay, se había acabado ya y estaban todos escribiendo las letras mayúsculas en cursiva. La señora Ballenay estaba explicando la forma de trazar la «M» mayúscula mientras la escribía en la pizarra.

—Una curva hacia arriba y otra hacia abajo, y otra vez, arriba y abajo.

Ramona procuró no mirar a su profesora mientras sacaba papel y lápiz, poniéndose a escribir las mayúsculas del abecedario con su mejor letra. Disfrutaba haciéndolo y se fue tranquilizando, hasta que llegó a la letra «Q».

Se quedó mirando la «Q» mayúscula, la primera letra de su apellido. A Ramona siempre le había gustado la «Q», la única letra del abecedario que tiene un rabo. Le gustaba escribir la «Q» en letra de imprenta, pero no le gustaba cómo quedaba en cursiva. La había trazado bien, pero parecía un 2 mal hecho y le daba rabia estropear una letra tan bonita.

Ramona decidió en ese instante no volver a escribir la letra «Q» en cursiva nunca más. Escribiría el resto de su apellido, *uimby,* en cursiva, pero la «Q», dijera lo que dijera la señora Ballenay, la escribiría en letra de imprenta. «Que se fastidie la señora Ballenay —pensó Ramona—. No puede obligarme a escribir la "Q" en cursiva si yo no quiero.» Y empezó a sentirse una persona normal de nuevo.

La discusión de los Quimby

—Pero, Ramona —dijo la señora Quimby el sábado—, ya te he dicho que hice varios huevos duros, para no tener que hacer uno todas las mañanas. Puse los huevos duros en un estante de la nevera y los crudos en otro. Como tenía prisa, cogí un huevo del estante que no era. Lo siento. Qué quieres que te diga...

Ramona se quedó callada. Estaba de mal humor y le daba rabia, porque quería perdonar a su madre, pero había algo en ese sitio oscuro y profundo de su interior que se lo impedía. Haber oído a su profesora llamándole «graciosita» y «latazo» le había sentado tan mal que estaba enfadada con todo el mundo.

La señora Quimby suspiró como si estuviera cansada mientras cogía las sábanas y toallas para meterlas en la lavadora del sótano. Ramona se puso a mirar por la ventana, deseando que la densa lluvia, que caía suave e incesantemente, desapareciera, para poder olvidarse de todo patinando sobre ruedas.

Tampoco podía contar con Bea, que había pasado la noche en casa de María, con varias niñas más. Se habían dedicado a ver una película de miedo y a comer palomitas. Luego se habían quedado hablando, porque les daba miedo dormir. Por la mañana, Bea había vuelto a casa agotada y de mal humor y se había dormido casi al instante.

Ramona se puso a dar vueltas por la casa, buscando algo que hacer, hasta que descubrió a su padre sentado en el sofá, con un lápiz en la mano y un cuaderno de dibujo apoyado en la rodilla, mirándose un pie descalzo con cara de concentración.

—Papá, ¿para qué haces eso? —preguntó Ramona.

—Eso me gustaría saber a mí —contestó

su padre, moviendo los dedos—. Tengo que dibujar mi pie para la clase de arte.

—Me encantaría que nos mandaran hacer cosas así en el colegio —dijo Ramona.

Encontró papel y lápiz, se quitó un zapato y un calcetín y se instaló en el sofá junto a su padre. Cada uno se puso a contemplar su propio pie detenidamente, empezando a dibujarlo. Ramona descubrió en seguida que dibujar un pie es más difícil de lo que parece. Igual que su padre, miró, hizo muecas, dibujó, borró, miró, hizo muecas y dibujó. Durante un rato se olvidó de que estaba enfadada. Era divertido.

—Ya está —dijo finalmente.

Había hecho un buen dibujo de su pie, aunque no era excelente. Miró la hoja de su padre y se quedó desilusionada. Era de esos dibujos que las profesoras cuelgan en las esquinas, donde no los ve nadie más que el propio artista. El pie de su padre parecía una aleta. Por primera vez, Ramona empezó a dudar de que su padre fuera el mejor artista del mundo entero. Esto hizo que se pusiera triste, aparte de recordarle lo furiosa que estaba con todo el mundo.

El señor Quimby miró el dibujo de Ramona.

—No está mal —dijo—. No está nada mal.

—Mi pie es más fácil de dibujar —dijo Ramona, como si tuviera que disculparse por haber dibujado un pie mejor que su padre, que era una persona mayor—. Mi pie es más... normal —le explicó—. El tuyo es huesudo y tiene pelos en los dedos. Por eso es más difícil dibujarlo.

El señor Quimby arrugó su dibujo y lo tiró a la chimenea.

—Me parezco bastante a Piesgrandes, según parece —dijo con una carcajada amarga, lazándole un cojín a Ramona.

El día iba pasando lentamente. Al llegar la hora de cenar, Ramona aún no había sido capaz de perdonar a su madre, que cada vez parecía estar más cansada. El señor Quimby había arrugado una serie de dibujos insatisfactorios de su pie y Bea había salido de su habitación con cara de sueño y medio dormida cuando su madre les avisó de que estaba la cena.

—Yo quería tortas de maíz —dijo Ramona, no porque le gustaran especialmente, sino porque estaba tan enfadada que tenía ganas de quejarse.

Las tortas de maíz son de un color amarillo muy bonito, que hubiera animado aquel día lluvioso. Se inclinó hacia delante para olfatear la comida que había en su plato.

—Ramona —dijo su padre, usando un tono de voz que significaba: «En esta casa no se olfatea la comida».

Ramona se sentó derecha en su silla. Brécol y patatas cocidas. Carne asada. Ramona se acercó al plato para examinar la carne. No logró encontrar ni un trozo de gordo y su madre le había puesto muy poca salsa. Bien. Ramona se negaba a comer el gordo de la carne, por poco que fuera. No le gustaba el tacto que tiene, blandurrio y gelatinoso.

—Está buenísimo —comentó el señor Quimby, que no sentía necesidad de inspeccionar la comida antes de empezar.

—Está muy tierna —dijo Bea, empezando a recuperarse después de una noche agotadora.

Ramona se abalanzó sobre el tenedor, lo clavó en la carne y empezó a serrar con el cuchillo.

—Ramona, procura coger bien el tenedor —dijo su padre—. No lo agarres con toda la mano. Un tenedor no es una lanza.

Con un suspiro, Ramona cogió el tenedor correctamente. Los mayores nunca se acuerdan de lo difícil que es cortar la carne cuando los codos están muy por debajo de la altura de la mesa. Consiguió cortar un trozo de carne del modo que sus padres querían. Estaba mucho más tierna que de

costumbre y no estaba nada correosa, como otras veces. Además, sabía bien.

—Mmm —dijo Ramona, olvidando su furia.

La familia comió en paz y tranquilidad hasta que Bea empezó a quitar la salsa de encima de su trozo de carne con el tenedor. La salsa engorda y aunque Bea estaba delgada, incluso flaca, no quería arriesgarse.

—¡Madre! —dijo Bea en tono acusador—. ¡Esta carne tiene bultos por encima!

—¿Sí? —contestó su madre inocentemente.

Ramona se dio cuenta de que su madre estaba intentando ocultar algo al ver a sus padres mirarse con cara de compartir algún secreto. Ella también quitó la salsa de encima de la carne. Bea tenía razón. Una parte del trozo de carne tenía bultitos.

—Esto es lengua —dijo Bea, apartando el trozo de carne con el tenedor—. No me gusta la lengua.

¡Lengua! Igual que Bea, Ramona apartó su trozo de carne.

—¡Puaj! —exclamó.

—Niñas, dejad de hacer el tonto —dijo la señora Quimby en tono serio.

—¿Qué es eso de que no os gusta la lengua? —preguntó el señor Quimby—. Os la estábais comiendo tan contentas.

—Es que no sabía que era lengua —dijo Bea—. Me horroriza la lengua.

—Y a mí —dijo Ramona—. Está llena de bultos asquerosos. ¿Por qué no comemos carne normal?

La señora Quimby estaba empezando a perder la paciencia.

—Porque la lengua es más barata. Por eso. Es más barata y alimenta mucho.

—¿Sabéis una cosa? —dijo el señor Quimby—. Esto no tiene ni pies ni cabeza. Os gustaba la lengua cuando no sabíais que era lengua, así que no entiendo por qué no seguís comiéndola.

—Sí, no tiene ni pies ni cabeza —dijo la señora Quimby.

—La lengua es asquerosa —dijo Bea—. La mía, que se la coma *Tiquismiquis*.

—Y la mía, también —dijo Ramona, sabiendo que debería comerse lo que tenía delante, pero... lengua... sus padres le pedían demasiado.

La cena continuó en silencio, las niñas sintiéndose culpables, pero sin ceder, los padres, inflexibles. El señor Quimby, al terminar su ración de lengua, se sirvió más del plato de Ramona. *Tiquismiquis*, ronroneando como un motor oxidado, entró en el comedor y se restregó contra las piernas de todos, para recordarles que él también tenía que comer.

—Lo que no entiendo —dijo la señora Quimby— es por qué sólo llamamos tiquismiquis al gato.

El señor Quimby y ella se miraron, haciendo esfuerzos por no reírse. Las niñas se miraron con cara de mal humor. No está bien que los padres se rían de sus hijos.

Bea recogió la mesa en silencio. La señora Quimby trajo manzana asada y galletas mientras el señor Quimby les hablaba de su trabajo como ayudante de Papá Noel en el almacén de congelados. Les contó que cuando alguien abría la puerta y entraba aire caliente de fuera, caían bloques de nieve del techo. Les habló de un hombre que se tenía que quitar trozos de hielo del bigote cuando salía del almacén.

Trabajar en un sitio lleno de nieve, un hombre con el bigote helado..., a Ramona se le ocurrían muchas preguntas, pero no quería hablar. Pensó que, quizá, el trabajo de ayudante de Papá Noel no era tan divertido como se había imaginado.

—Tengo una idea —dijo el señor Quimby a la señora Quimby al acabarse las galletas—. Te vendría bien descansar un poco. Mañana nos pueden hacer la cena las niñas.

—Muy bien —dijo la señora Quimby—. Es verdad que estoy un poco harta de cocinar.

—Pero yo iba a ir a casa de María mañana —protestó Bea.

—Llámala y dile que no puedes —dijo el señor Quimby, alegre y despiadado a la vez.

—No hay derecho —dijo Bea.

—¿Por qué no hay derecho? —preguntó el señor Quimby.

Al ver que a Bea no se le ocurría una respuesta, Ramona se dio cuenta de que la cosa iba en serio. Cuando su padre se ponía así, no había más remedio que obedecer.

—Pero yo no sé cocinar —protestó Ramona—. Sólo sé hacer gelatina de sobre y torrijas.

—Claro que sabes —dijo la señora Quimby—. Estás en tercero y sabes leer. Cualquiera que sepa leer, sabe cocinar.

—¿Y qué ponemos de cena? —dijo Bea, dándose cuenta de que era imposible intentar librarse.

—Lo mismo que pondría yo —dijo su madre—. Cualquier cosa que encontréis en la nevera.

—Y tortas de maíz —dijo el señor Quimby, mirando a Ramona con cara seria, pero con ojos de estar divirtiéndose.

Aquella noche, cuando terminaron de recoger la mesa, *Tiquismiquis* se puso a relamerse la salsa del bigote y sus padres a ver las noticias en la televisión. Ramona entró muy decidida en la habitación de Bea y cerró la puerta.

—La culpa de todo la tienes tú —informó a su hermana, que estaba tumbada en la cama con un libro—. ¿Por qué has tenido que meter la pata?

—Tú también tienes la culpa —dijo Bea—. Te daba igual de asco que a mí.

Las dos se dieron cuenta de que discutir sobre quién tenía la culpa no iba a servir de nada.

—Pero a ti te gusta cocinar —dijo Ramona.

—Y a ti te gusta hacer gelatina y torrijas —dijo Bea.

Las hermanas se miraron. ¿Qué les ocurría? ¿Por qué no querían preparar la cena?

—Nos quieren hacer rabiar —dijo Ramona.

—Nos quieren castigar —dijo Bea—. Eso es lo que quieren.

Las hermanas fruncieron el ceño. Les gustaba cocinar; no les gustaba que las castigaran. Se quedaron en silencio, pensando en lo mal que se portaban los padres, sobre todo los suyos, que eran injustos y antipáticos, porque no se daban cuenta de las hijas tan maravillosas que tenían. Había muchos padres que estarían encantados de tener unas hijas tan estupendas como Bea y Ramona.

—Si yo tengo una hija, nunca la obligaré a comer lengua —dijo Ramona—. Le daré cosas buenas de comer, como aceitunas rellenas y nata montada.

—Y yo —dijo Bea—. ¿Qué podemos preparar de cena?

—Vamos a mirar en la nevera —sugirió Ramona.

—Si nos oyen abrir la nevera, van a pensar que tenemos hambre y nos soltarán un sermón por no habernos comido la cena —objetó Bea.

Bueno, tampoco se iba a morir de hambre si esperaba a la hora del desayuno. Empezó a pensar en una torrija, esponjosa y bien espolvoreada con azúcar.

—Puede... —dijo Bea, pensativa—. Puede que si nos portamos muy bien, se olviden de todo.

Ramona, además de estar hambrienta, se empezó a poner triste. Con lo que le había costado llevarse bien con los Kemp para ayudar a su familia y de repente se había estropeado todo. Había fallado algo. Casi seguro que Bea tenía razón. La única forma de librarse del castigo era portarse muy bien.

—Vale —dijo Ramona con voz más bien triste.

Qué idea tan horrible la de portarse muy bien, aunque era mejor que permitir que sus padres las castigaran.

Ramona se marchó a su cuarto y se tumbó en la cama con un libro. Ojalá les pasara algo muy bueno a sus padres, algo que les hiciera olvidar la escena de aquella noche. Ojalá su padre dibujara un pie perfecto, un pie que su profesora quisiera colgar en el sitio más visible de la clase, en mitad de la pizarra. Quizá un pie perfecto bastaría para que se pusiera contento.

Un domingo muy especial

El domingo por la mañana, Ramona y Bea seguían con la intención de portarse perfectamente hasta la hora de cenar. Se levantaron de la cama sin que hubiera que pedírselo, no se pelearon sobre quién leía primero el Consultorio de tía Rosalía en el periódico, dijeron a su madre que las tostadas estaban buenísimas y se marcharon a su clase de religión de los domingos, limpias, peinadas y sonriendo valientemente, a pesar de que estaba chispeando.

Al volver, ordenaron sus habitaciones sin que hubiera que pedírselo. A la hora de comer, comieron los sándwiches sin rechistar, a pesar de que sabían que estaban hechos de lengua triturada. El pepinillo que tenían no logró engañarlas, pero sí mejorar el sabor. Secaron los platos, procurando no mirar hacia la nevera para evitar que su madre les recordara que tenían que hacer la cena.

El señor y la señora Quimby estaban de buen humor. La verdad es que el ambiente eran tan falsamente alegre que Ramona estaba deseando que alguien dijera algo desagradable. A primera hora de la tarde, la pregunta seguía en el aire. ¿Tendrían que preparar la cena?

«¿Por qué no dicen algo, por lo menos?», pensó Ramona. Estaba harta de portarse bien, harta de querer perdonar a su madre por lo del huevo crudo de la comida.

—Bueno, me voy a poner con lo del pie otra vez —dijo el señor Quimby mientras se instalaba en el sofá con papel y lápiz, quitándose un zapato y un calcetín.

Por fin, dejó de llover. Ramona observó cómo iban apareciendo manchas secas en la acera y pensó en sus patines de ruedas, que estaban en el armario. Fue al cuarto de Bea y vio que su hermana estaba leyendo. Ramona sabía que Bea quería llamar a María, pero que había decidido esperar a que María llamara preguntando por qué no había ido a su casa. María no llamaba. El día iba pasando lentamente.

Al ver que las zonas secas del asfalto de enfrente de la casa de los Quimby habían crecido tanto que sólo quedaba humedad en las hendiduras, Ramona sacó sus patines del armario.

A su padre, que tenía un dibujo de su pie en la mano y había estirado el brazo para estudiarlo de lejos, le dijo:

—Bueno, voy a salir a patinar.

—¿No se te olvida algo? —preguntó él.

—¿Qué? —preguntó Ramona, sabiendo muy bien el qué.

—La cena —dijo él.

La pregunta que había estado en el aire toda la tarde ya tenía respuesta. Se acabaron las dudas.

—Ya está —dijo Ramona a Bea—. Ya podemos dejar de portarnos tan bien.

Las hermanas entraron en la cocina, cerraron la puerta y abrieron la nevera.

—Un paquete de muslos de pollo —dijo Bea, soltando un gruñido—. Y una caja de guisantes congelados. Y yogur, natural y de plátano. Seguro que el yogur estaba de oferta.

Cerró la nevera y cogió un libro de cocina.

—Yo puedo hacer tarjetas para que sepamos nuestros sitios en la mesa —dijo Ramona mientras Bea pasaba hojas frenéticamente.

—No pensarás comer tarjetas, ¿verdad?

—dijo Bea—. Además, tú tienes que hacer las tortas de maíz, porque fuiste tú la que sacó el tema.

Las niñas estaban hablando en voz baja, porque no les apetecía que sus padres, los antipáticos de sus padres, se enteraran de lo que estaba pasando en la cocina.

En el fichero de recetas de su madre, Ramona encontró una ficha donde explicaba cómo se hacen tortas de maíz, escrita en la letra temblorosa de la abuela del señor Quimby, que a Ramona le costaba leer.

—No encuentro una receta para hacer muslos de pollo —dijo Bea—. Sólo hay una para hacer un pollo entero. Lo único que sé es que madre lo hace siempre en la fuente plana de pírex, con no sé qué salsa por encima.

—Le echa sopa de champiñón mezclada con algo y con una especie de pimienta.

Ramona se acordaba de haber visto a su madre haciéndolo.

Bea abrió el armario donde estaban las latas.

—No hay sopa de champiñón —dijo—. ¿Qué hacemos?

—Haz una salsa con lo que sea —sugirió Ramona—. Si está malo, peor para ellos.

—¿Y si hacemos algo que esté malísimo? —pregunto Bea—. Así comprenderán lo que nos pasa a nosotras con la lengua.

—¿Qué hay que esté malísimo? —preguntó Ramona, apoyando la sugerencia, unida con su hermana contra el enemigo, que eran sus padres en este caso.

Bea, siempre tan práctica, cambió de idea.

—No. Es una tontería, porque nosotras también tenemos que comer y con lo antipáticos que están, encima tendremos que fregar los platos. Además, es como si estuviera en juego nuestro honor, porque ellos creen que no sabemos cocinar algo que esté bueno.

A Ramona se le había ocurrido otra solución:

—Ponlo todo junto en una fuente.

Bea abrió el paquete de muslos de pollo y lo miró con cara de asco.

—Me horroriza tocar carne cruda —dijo, cogiendo un muslo con dos tenedores.

—¿Tenemos que comernos la piel? —preguntó Ramona—. Tiene unos bultos asquerosos.

Bea encontró unas pinzas de cocina. Intentó sujetar un muslo de pollo con un tenedor y quitarle la piel con las pinzas.

—Déjame agarrarlo a mí —dijo Ramona, a quien no le daba asco tocar cosas como gusanos y carne cruda.

Sujetó el muslo con fuerza mientras Bea

cogía la piel con las pinzas. Cada una tiró hacia un lado y lograron separar la piel. Con cada muslo hicieron lo mismo, amontonando los trozos de piel en la encimera y cubriendo el fondo de la fuente con los muslos de pollo.

—¿No te acuerdas de qué es esa especie de pimienta que le pone madre? —preguntó Bea.

Ramona no se acordaba. Las dos se pusieron a estudiar el estante de las especias, abriendo botes y olisqueando. ¿Nuez moscada? No. ¿Clavo? Horrible. ¿Canela? Ni hablar. ¿Chile molido? Puede... Sí, debía ser eso. Ramona se acordaba de que los puntitos de la salsa eran de color rojo. Bea mezcló media cucharada de chile con yogur y lo echó por encima del pollo. Metió la fuente en el horno y lo puso a la temperatura que recomendaba el libro de cocina para hacer pollo.

Desde el salón les llegaba el ruido de la conversación de sus padres, unas veces seria y otras interrumpida por carcajadas. «Y nosotras aquí, matándonos», pensó Ramona mientras se subía a la encimera para coger la caja de copos de avena. Al bajarse, se dio cuenta de que se le había olvidado la levadura y el bicarbonato. Acabó poniéndose de rodillas en la encimera para ahorrar tiempo y le pidió a Bea que le diera un huevo.

—Si te viera madre ahí subida... —comentó Bea mientras le daba el huevo a Ramona.

—¿Cómo voy a coger las cosas si no llego? —dijo Ramona, partiendo el huevo y tirando la cáscara en la encimera—. Ahora necesito nata.

Bea le informó sobre el tema. No había nata en la nevera.

—¿Qué hago? —susurró Ramona, desesperada.

—Toma. Usa esto —dijo Bea, lanzando la botella de yogur de plátano a su hermana—. El yogur es un poco agrio, pero puede servir.

La puerta de la cocina se abrió un poco.

—¿Qué tal vais? —preguntó el señor Quimby.

Bea se lanzó contra la puerta.

—¡Fuera! —ordenó—. ¡La cena es... una sorpresa!

Por un momento, Ramona pensó que Bea iba a provocar un desastre. Mezcló un huevo con el yogur, pesó la harina, tirando parte al suelo, y descubrió que le hacían falta más copos de avena. Qué nervios.

—Mi profesora de cocina dice que siempre hay que asegurarse de que se tienen todos los ingredientes antes de ponerse a cocinar —dijo Bea.

—A callar —dijo Ramona, cogiendo un paquete de copos de trigo, porque tienen un tamaño parecido a los de avena. Esta vez sólo tiró un poco al suelo.

Hacía falta algo para animar el pollo y la salsa con puntitos rojos. ¡Arroz! Los copos de trigo que había en el suelo rechinaron bajos los pies de Bea mientras medía el arroz y el agua, siguiendo las instrucciones del paquete. Después de poner el arroz al fuego, se fue al comedor a poner la mesa y entonces cayó en la cuenta de que se les había olvidado la ensalada. ¡Ensalada! Lo menos complicado de preparar eran unas zanahorias. Bea se puso a pelar zanahorias en la pila.

—¡Eh! —gritó Ramona desde la encimera—. ¡El arroz!

La tapa del cazo había empezado a temblar. Bea cogió un cazo más grande y cambió el arroz de sitio.

—¿Necesitáis ayuda! —dijo la señora Quimby desde el salón.

—¡No! —contestaron sus hijas.

Otra calamidad. Las tortas de maíz tenían que hacerse a una temperatura más alta que el pollo. ¿Qué podía hacer Ramona?

—Da igual. Mételas en el horno —dijo Bea, con la cara enrojecida.

Las tortas de maíz fueron a parar junto al pollo.

—¡El postre! —susurró Bea.

Sólo pudo encontrar una lata de peras en almíbar. Qué aburrido. Volvió al libro de

cocina. «Calentar con un poco de mantequilla y servir con una cucharada de gelatina en cada mitad», leyó. Gelatina. Se tendrían que conformar con medio bote de mermelada de albaricoque. Las peras y la mantequilla, a la sartén. Al almíbar que se había caído en el suelo, ni caso.

—¡Bea! —gritó Ramona, enseñándole la caja de guisantes.

Bea soltó un quejido. Sacó el pollo a medio hacer y mezcló los guisantes, que aún no estaban descongelados del todo, con el yogur, volviendo a meter la fuente en el horno.

¡El arroz! Se les había olvidado el arroz, que estaba empezando a pegarse en el fondo del cazo. ¡Rápido! Hay que quitarlo del fuego. ¿Cómo lograría su madre cocinarlo todo a la vez?

—¡Velas! —susurró Bea—. La cena parecerá mejor si ponemos velas.

Ramona encontró dos candelabros y dos velas usadas, de distinto tamaño. Una de ellas la había metido en la calabaza la víspera de Todos los Santos*. Bea se encargó

* La víspera del día de Todos los Santos, los norteamericanos ponen por la noche en sus ventanas unos faroles hechos con calabazas. (N. T.)

de encenderlas, porque a Ramona, que no le importaba tocar carne cruda, le daba un poco de miedo encender cerillas.

¿Estaría el pollo hecho ya? Las niñas, bastante nerviosas, se pusieron a inspeccionar el plato fuerte de la cena, que estaba burbujeando y había adquirido un color marrón por los bordes. Bea clavó un tenedor en un muslo de pollo y al ver que no sangraba, decidió que ya estaba hecho. El palillo que clavaron en las tortas de maíz salió limpio. Las tortas estaban hechas, demasiado compactas, pero hechas.

Crac, crac, crac, hacían los pies de las niñas al andar. Era increíble que unos cuantos copos de trigo hicieran crujir todo el suelo de la cocina. Por fin, sirvieron la comida, apagaron las luces del comedor y anunciaron que la cena estaba lista. Las cocineras, intentando ocultar su tensión a la luz de las velas, se dejaron caer en sus sillas mientras sus padres se sentaban. ¿Sería comestible la cena?

—¡Velas! —exclamó la señora Quimby—. ¡Qué cena tan elegante!

—Vamos a probarla antes de decidir

—dijo el señor Quimby con su sonrisa más malévola.

Las niñas observaron a su padre ansiosamente mientras tomaba su primer bocado de pollo. Masticó pensativo y dijo con más asombro del necesario:

—¡Si está buenísimo!

—Es verdad —dijo la señora Quimby, probando una torta de maíz—. Está muy bueno, Ramona —añadió.

El señor Quimby probó una torta.

—Justo como las hacía mi abuela —sentenció.

Las niñas se miraron, intercambiando las sonrisas que habían estado conteniendo. No se notaba que el yogur era de plátano y a la luz de las velas nadie se había dado cuenta de que las tortas le habían salido un poco pálidas. El pollo, decidió Ramona, no estaba tan bueno como decían sus padres —o como prentendían hacerles creer— pero se podía comer sin que a uno le dieran arcadas.

Todos se relajaron y la señora Quimby dijo que el chile era más interesante que la paprika y les preguntó qué receta habían usado para hacer el pollo.

Ramona contestó:

—Una nuestra.

Mientras, ella y Bea se miraron. ¡Paprika! Esos puntitos que tenía la salsa eran paprika.

—Queríamos hacer algo distinto —dijo Bea.

La conversación fue más agradable que la noche anterior. El señor Quimby dijo que por fin estaba satisfecho con su dibujo, que ya parecía un pie de verdad. Bea contó que en su clase de cocina estaban estudiando los tipos de comida que convenía tomar todos los días. Ramona dijo que había un niño en su colegio que le había llamado «cabeza de huevo». El señor Quimby le contestó que era una expresión que podía usarse para personas que tienen mucho cerebro. Ramona empezó a pensar que el gamberro no era tan desagradable como parecía.

La cena fue un éxito. Aunque el pollo no estaba tan bueno como las niñas hubieran querido y las tortas estaban más duras que las que hacía su madre, las dos cosas se podían comer perfectamente. Bea y Ramona estaban contentas por dentro, porque sus padres habían disfrutado, aparentemente, de la cena que habían hecho. Toda la familia estaba de buen humor. Al terminar las peras con mermelada de albaricoque, Ramona sonrió tímidamente a su madre.

La señora Quimby le devolvió la sonrisa y le dio una palmadita en la mano. Ramona se sintió mucho mejor. Sin haber tenido que hablar, había perdonado a su madre por el desafortunado incidente del huevo y su madre lo había comprendido. Por fin, se quedó tranquila.

—Como las cocineras habéis trabajado tanto —dijo el señor Quimby—, yo me voy a encargar de lavar los platos. Incluso voy a recoger la mesa.

—Yo te ayudo —se ofreció la señora Quimby.

Las niñas intercambiaron una sonrisita, pidieron permiso para retirarse y se fueron a sus habitaciones antes de que sus padres descubrieran las pieles de pollo, la cáscara de huevo sobre la encimera, los restos de zanahoria en la pila y los copos de trigo, la harina y el almíbar de pera que había en el suelo.

Superlatazo

Los Quimby volvían a llevarse bien, más o menos. Sin embargo, había muchas noches en que el señor y la señora Quimby tenían conversaciones largas y serias tras la puerta cerrada de su habitación. El tono grave de sus voces preocupaba a Ramona, que estaba deseando oírles reír. A pesar de todo, a la hora de desayunar solían estar alegres, aunque con prisas.

Donde Ramona no estaba muy contenta era en el colegio. En realidad, no se sentía nada cómoda, porque le preocupaba mucho que su profesora la considerara un latazo. Dejó de levantar la mano cuando sabía alguna respuesta y aparte del viaje en autobús y de la lectura silenciosa prolongada, odiaba el colegio.

Una mañana, cuando Ramona estaba pensando que ojalá se librara de ir al colegio, hizo un agujero en sus copos de avena con la cuchara para ver cómo se llenaba el hueco de leche, mientras oía un ruido que venía del garaje, el rugido chirriante de un coche que se niega a ponerse en marcha

—Grr-rrr-rrr —dijo, imitando el ruido del motor.

—Ramona, no te entretengas —dijo su madre.

La señora Quimby estaba muy atareada en el salón, recogiendo periódicos, colocando cojines en su sitio, quitando el polvo a los marcos de las ventanas y a la mesa de café. Estaba «limpiando por encima», como decía ella. A la señora Quimby no le gustaba llegar y encontrarse la casa desordenada.

Ramona tomó unas cuantas cucharadas de copos de avena con leche, pero la cuchara le pesaba mucho aquella mañana.

—Y bébete la leche —dijo su madre—.

Ya sabes que no rendirás en el colegio si no desayunas como es debido.

Ramona no hizo mucho caso a este discurso, que estaba acostumbrada a oír casi todas las mañanas. Por pura costumbre, bebió la leche y se comió casi todas las tostadas. En el garaje, el coche había dejado de rugir y había empezado a vibrar.

Ramona se había levantado de la mesa y estaba lavándose los dientes cuando oyó a su padre hablando con su madre desde la puerta:

—Dorotea, ¿te importa venir a intentar arrancar el coche mientras yo empujo? No consigo meter la marcha atrás.

Ramona se enjuagó la boca y corrió hacia la ventana, llegando a tiempo para ver a su padre empujar el coche silencioso con todas sus fuerzas por la rampa del garaje, con su madre al volante. Al llegar a la calle, la señora Quimby puso en marcha el motor y acercó el coche al bordillo de la acera.

—Ahora, mete la marcha atrás —le indicó el señor Quimby.

La señora Quimby dijo al cabo de un rato:

—No entra.

Ramona se puso el abrigo, cogió su comida y corrió fuera para ver qué ocurría cuando un coche andaba hacia delante, pero no hacia atrás. Se dio cuenta en seguida de que a sus padres no les hacía ninguna gracia el asunto.

—Voy a tener que llevarlo al taller —dijo el señor Quimby con aspecto enfadado—. Y luego tendré que coger el autobús, con lo cual perderé la primera clase.

—Lo puedo llevar yo y así coges el autobús ahora —dijo la señora Quimby—. Como está puesto el contestador automático, no pasa nada si yo me retraso unos minutos en llegar a la consulta.

Entonces, al ver a Ramona de pie en la acera, le dijo:

—Date prisa, que vas a perder el autobús —y le mandó un beso desde donde estaba.

—¿Y si tienes que dar marcha atrás? —pregunto Ramona.

—Con un poco de suerte, no me hará falta —contestó su madre—. Anda, date prisa.

—Adiós, Ramona —dijo el señor Quimby.

Ramona se dio cuenta de que le preocupaba más el coche que ella. Los pies le pesaron más que de costumbre mientras iba hacia la parada de su ruta. El viaje al colegio se le hizo más largo que nunca. El gamberro le dijo:

—Hola, cabeza de huevo.

Ella ni siquiera se molestó en contestarle: «Y tú, cabeza de huevo frito», como había pensado.

Al empezar la clase, Ramona se puso a rellenar los huecos de su cuaderno de ejercicios de matemáticas, pero no le importaba mucho si se equivocaba o no. Le pesaba la cabeza y sus dedos no querían moverse.

Estuvo a punto de decirle a la señora Ballenay que se encontraba mal, pero su profesora estaba ocupada escribiendo una lista de palabras en la pizarra y probablemente pensaría que era un latazo que la interrumpieran.

Ramona apoyó la cabeza en una mano, mirando los veintiséis frascos de copos de avena azul. No quería pensar en copos de avena azul, ni copos de avena blanca, ni copos de avena de ninguna clase. Se quedó quieta, intentando que se le pasara el malestar. Sabía que era mejor decírselo a su profesora, pero ni siquiera tenía fuerzas para levantar la mano. Si se quedaba quieta, si no se movía ni un dedo meñique, ni una pestaña, quizá se le pasara.

«Fuera, copos de avena», pensó Ramona y entonces se dio cuenta de que le iba a pasar lo más terrible, horrible, espantoso y monstruoso que le podía pasar. «Por favor, Dios, haz algo...» Ramona se puso a rezar demasiado tarde.

Y eso tan terrible, horrible, espantoso y monstruoso le sucedio: vomitó. Vomitó en el suelo, delante de todos. Un segundo antes, el desayuno estaba en su sitio. De repente, era como si le hubieran dado marcha atrás por dentro y el desayuno había ido a parar al suelo.

Ramona no se había sentido peor en toda su vida. Los ojos se le llevaron de lágrimas de vergüenza al ver la cara de asombro y horror que ponían todos los de su alrededor. Oyó a la señora Ballenay diciendo:

—Vaya por Dios. Marta, llévate a Ramona al despacho. Dani, ve a decir al señor Watts que alguien ha vomitado. Niños, podéis taparos la nariz y desfilar hacia el pasillo. Hay que esperar a que el señor Watts limpie la clase.

Estas instrucciones hicieron que Ramona se sintiera aún peor. Las lágrimas le cayeron por la cara y pensó que ojalá viniera Bea a ayudarla, aunque sabía que estaba muy lejos, en su instituto. Dejó que Marta la guiara escaleras abajo mientras el resto de los niños, tapándose la nariz con el dedo índice y el pulgar, salían de la clase rápidamente.

—No te preocupes, Ramona —dijo Marta amablemente, aunque manteniéndose a cierta distancia, como si Ramona fuera a explotar.

Ramona estaba llorando tanto que no pudo contestar. Estaba segura de que el mayor latazo del mundo entero es vomitar en el colegio. Hasta aquel momento, había pensado que su profesora era injusta cuando la llamaba latazo, pero ya no había forma de huir de la verdad: era un latazo, un horrible latazo con la nariz llena de mocos y sin tener nada con que sonarse.

Cuando entraron en el despacho, Marta estaba deseando dar la noticia.

—Señora Larson —dijo—. Ramona ha vomitado.

Se enteró hasta el director, que estaba en su despacho. Ramona estaba segura de que no iba a salir como si fuera amigo suyo, porque nadie quiere ser amigo de alguien que acaba de vomitar.

La señora Larson, cogiendo rápidamente un *kleenex* de la caja que tenía encima de la mesa, se levantó como un resorte.

—Vaya —dijo tranquilamente, como si todos los días entraran en su despacho niños que acaban de vomitar—. Suénate —dijo, acercando el *kleenex* a la nariz de Ramona.

Ramona se sonó. El director, por supuesto, se quedó en su despacho, a salvo.

La señora Larson llevó a Ramona al cuartito que había al lado, al mismo cuarto en que le había lavado la cabeza cuando se la había llenado de huevo. Le dio un vaso de cartón lleno de agua.

—Te querrás enjuagar la boca, ¿verdad? —preguntó.

Ramona asintió con la cabeza, se enjuagó y empezó a encontrarse mejor. No parecía que la señora Larson la considerara un latazo.

La secretaria puso una toalla de papel limpia encima de la almohada de la cama, indicó a Ramona que se tumbara y le echó una manta por encima.

—Voy a llamar a tu madre para decirle que venga a buscarte —dijo.

—Está trabajando —susurró Ramona, pensando que si hablaba en voz alta, se le podía revolver el estómago otra vez—. Y mi padre está en la universidad.

—Ah —dijo la señora Larson—. ¿Y dónde vas al salir del colegio?

—A casa de Javi Kemp —dijo Ramona, cerrando los ojos, deseando poder dormirse y no despertarse hasta que se hubiera acabado todo el problema. Se dio cuenta de que la señora Larson había marcado un número y después de algunos segundos había colgado el teléfono. La abuela de Javi no estaba en casa.

En ese momento, volvió a tener esa sen-

sación terrible, horrible, espantosa y mons-
truosa.

—Señora L-Larson —tartamudeó Ramona—. Voy a vomitar.

Al instante, la señora Larson estaba sujetando la cabeza de Ramona encima del retrete.

—Por suerte, como tengo tres hijos, estoy acostumbrada a estas cosas —dijo.
Cuando Ramona terminó, le dio otro vaso
de agua y añadió alegremente—: Seguro
que ahora te encuentras mucho mejor.

Ramona contestó con una sonrisa débil y
temblorosa.

—¿Quién va a ocuparse de mí? —preguntó mientras la señora Larson volvía a
taparla con la manta.

—No te preocupes —dijo la señora Larson—. Ya encontraremos a alguien. Mientras tanto, quédate aquí descansando.

Ramona estaba débil, agotada y agradecida a la señora Larson. Nunca le había
apetecido tanto cerrar los ojos, y cuando se
quiso dar cuenta, oyó a su madre susu-
rrando:

—Ramona.

Levantó los párpados, que le pesaban mucho, y vio a su madre de pie a su lado.

—¿Te encuentras mejor? ¿Nos vamos a casa? —preguntó la señora Quimby suavemente sujetando el abrigo de Ramona en la mano.

A Ramona se le llenaron los ojos de lágrimas. No estaba segura de si las piernas le iban a funcionar y, además, ¿cómo iban a llegar a casa si no tenían coche? ¿Y qué hacía allí su madre cuando tenía que estar trabajando? ¿Perdería su empleo?

La señora Quimby ayudó a Ramona a levantarse y le echó el abrigo por encima de los hombros.

—Tengo un taxi esperando fuera —dijo mientras llevaba a Ramona hacia la puerta.

La señora Larson levantó la vista de la máquina de escribir.

—Adiós, Ramona. Te echaremos de menos —dijo—. Que te mejores.

Ramona se encontraba tan mal que estaba convencida de que no se le iba a pasar nunca. Al salir vio un taxi amarillo con el motor en marcha. ¡Un taxi! Ramona nunca había montado en taxi y ahora estaba demasiado enferma para poder apreciarlo. En cualquier otro momento, se hubiera sentido muy importante marchándose del colegio en taxi a media mañana.

Al entrar, se dio cuenta de que el taxista la miraba como si no estuviera muy convencido. «No pienso vomitar en un taxi —pensó Ramona, convenciéndose a sí misma—. No pienso. Un taxi debe ser carísimo», y añadió unas palabras silenciosas, dirigidas a Dios: «¡No me dejes vomitar en un taxi!»

Con mucho cuidado, apoyó la cabeza en las rodillas de su madre y cada vez que oía el *clic* del taxímetro, pensaba: «No voy a vomitar en el taxi.» Y no vomitó. Consiguió aguantar hasta que llegó al cuarto de baño de su casa.

Qué bien se estaba en la cama, con sábanas limpias. Su madre le lavó la cara y las manos con un paño húmedo y le puso el termómetro. Después de eso, Ramona no se preocupó por nada más.

A última hora de la tarde, se despertó cuando Bea susurró desde la puerta:

—Hola.

Cuando el señor Quimby llegó a casa, también se asomó a la puerta.

—¡Cómo está mi niña! —preguntó suavemente.

—Enferma —contestó Ramona, compadeciéndose de sí misma—. ¿Cómo está el coche?

—Sigue enfermo —contestó su padre—. En el taller tenían tanto trabajo que no han podido empezar a arreglarlo hoy.

Al rato, Ramona se dio cuenta de que su familia había empezado a cenar sin ella, pero no le importó. Luego, la señora Quimby volvió a ponerle el termómetro, la hizo incorporarse en la cama y le dio un vaso de algo con burbujas, lo cual sorprendió a Ramona. Su madre siempre decía que las bebidas gaseosas sientan fatal.

—He hablado con la doctora —explicó la señora Quimby— y me ha dicho que te dé esto, porque te conviene tomar líquidos.

Con la bebida, le estaban entrando ganas de estornudar. Esperó un momento, nerviosa. ¿Lograría que el líquido se quedara en el estómago? Sí. Bebió un sorbo y luego otro más.

—Muy bien —susurró su madre.

Ramona se echó hacia atrás y pegó la cara a la almohada. Al acordarse de lo que había pasado en el colegio empezó a llorar.

—Mi vida —dijo su madre—. No llores. Has cogido un poco de frío, nada más. En un par de días se te habrá pasado.

—No se me habrá pasado —dijo Ramona con voz ahogada.

—Sí se te habrá pasado —dijo la señora Quimby, dándole unas palmaditas por encima de la colcha.

Ramona se volvió y miró a su madre con un ojo lloroso.

—Tú no sabes lo que ha pasado —dijo.

La señora Quimby puso cara de preocupación.

—¿Qué ha pasado? —dijo.

—He vomitado en el suelo, delante de toda la clase —lloriqueó Ramona.

Su madre intentó consolarla.

—Todos saben que no has vomitado aposta y, desde luego, no será la primera vez que alguien vomita en el colegio —dijo, añadiendo después de una pausa—: pero deberías haber dicho a la señora Ballenay que no te encontrabas bien.

Ramona no se sentía capaz de admitir que su profesora la consideraba un latazo. Soltó un gemido largo y tembloroso.

La señora Quimby volvió a darle una palmadita y apagó la luz.

—Ahora, duérmete —dijo—. Por la mañana, te encontrarás mejor.

Ramona estaba convencida de que, aunque su estómago se encontrara mejor, el resto de ella seguiría sintiéndose horrible. Empezó a pensar en el siguiente mote que le pondría el gamberro y en lo que la señora Ballenay contaría de ella a la secretaria del colegio a la hora de comer. Ya a punto de dormirse, decidió que era un superlatazo y, encima, estaba enferma.

La paciente

Por la noche, Ramona se despertó a medias cuando su madre le pasó un paño húmedo por la cara y le levantó la cabeza para ayudarle a beber algo frío. Luego, cuando los ojos se le estaban empezando a acostumbrar a la oscuridad, tuvo que aguantar un termómetro metido debajo de la lengua durante lo que a ella le pareció un buen rato. Se sentía segura al saber que su madre la iba a cuidar. Segura, pero enferma. En cuanto encontraba una zona algo más fresca en la almohada, la calentaba tan deprisa que en seguida estaba incómoda y tenía que darse la vuelta.

Cuando ya entraba luz en su habitación, Ramona, medio dormida, se dio cuenta vagamente de que su familia estaba procurando hacer el menor ruido posible, para no molestarla. En algún rincón diminuto de su mente se alegró de ello. Oyó los sonidos típicos del desayuno y luego debió quedarse completamente dormida, porque cuando despertó, la casa estaba en silencio. ¿Se habían marchado todos y la habían dejado sola? No; oyó a alguien moviéndose en la cocina. Seguro que la abuela de Javi había venido a quedarse con ella.

Se le nubló la vista al llenársele los ojos de lágrimas. Su familia la había abandonado cuando estaba enferma. Parpadeó y descubrió, encima de la mesita de noche, un dibujo que había hecho su padre para ella. Se veía a Ramona apoyada en un árbol y el coche de los Quimby apoyado en otro árbol. Había dibujado a Ramona con el ceño fruncido y con la boca curvada hacia abajo. El coche tenía los faros inclinados y el parachoques curvado hacia abajo. Los dos tenían aspecto de estar enfermos. Ramona se dio cuenta de que aún sabía sonreír. También descubrió que tenía un calor pegajoso, no un calor seco. Intentó sentarse en la cama, pero se dejó caer hacia atrás. Sentarse requería demasiado esfuerzo. Le hubiera gustado que su madre estuviera allí, con ella, y de repente, como si se le hubiera cumplido un deseo, su madre entró en la habitación con una palangana llena de agua y una toalla.

—¡Madre! —carraspeó Ramona—. ¿Por qué no has ido a trabajar?

—Porque me he quedado en casa para cuidarte —contestó la señora Quimby mientras le lavaba la cara y las manos cuidadosamente—. ¿Estás mejor?

—Un poco —dijo Ramona, que se sentía mejor en parte, aunque estaba sudorosa, débil y preocupada—. ¿Te van a echar del trabajo? —preguntó, acordándose de la época en que su padre se había quedado en el paro.

—No. La recepcionista anterior, que está jubilada, me va a sustituir durante unos días —dijo la señora Quimby mientras lavaba a Ramona con una esponja y la ponía un pijama limpio—. Ya está —dijo—. ¿Te apetece un té con tostadas?

—¿Un té, como si fuera mayor? —preguntó Ramona, aliviada al oír que su madre tenía el empleo asegurado, porque así su padre podía seguir estudiando.

—Como si fueras mayor —dijo su madre, poniendo otra almohada detrás de la espalda de Ramona para que pudiera sentarse.

Luego, tardó muy poco en aparecer con una bandeja en la que había un trozo de pan tostado y un té muy claro.

Después de mordisquear y beber, Ramona se quedó cansada y triste.

—Anímate —dijo la señora Quimby cuando vino a llevarse la bandeja—. Te ha bajado la fiebre y te vas a poner bien en seguida.

Era verdad que se encontraba un poco mejor. Su madre tenía razón. No había vomitado aposta. No era la primera vez que ocurría una cosa así. Se acordó de que había un niño en párvulos y una niña en primero...

Ramona se quedó dormida y al despertar, empezó a aburrirse y a ponerse caprichosa. Quería tomar la tostada con mantequilla y puso mala cara cuando su madre le dijo que las personas que están mal del estómago no deben tomar mantequilla.

La señora Quimby sonrió y dijo:

—Se nota que ya estás mejor, porque te portas como un tigre herido.

Ramona hizo una mueca.

—No me porto como un tigre herido —informó a su madre.

Cuando la señora Quimby le hizo la cama en el sofá del salón para que pudiera ver la televisión, se enfadó con el aparato, porque los programas que ponían durante el día le parecieron aburridos y tontos. Los anuncios eran mucho más interesantes que los programas. Se echó hacia atrás, pensando que ojalá pusieran un anuncio de comida para gatos, porque los gatos que salían eran muy bonitos. Mientras esperaba, se puso a darle vueltas al tema de su profesora.

«Está claro que no he vomitado aposta —se dijo a sí misma—. No entiendo cómo la señora Ballenay no se ha dado cuenta. Y además, en el fondo, soy una buena persona. No entiendo cómo la señora Ballenay tampoco se ha dado cuenta de eso.»

—¿Quién paga a los profesores? —preguntó Ramona de repente, al entrar su madre en la habitación.

—Pues, todos nosotros —dijo su madre, sorprendida ante la pregunta—. Pagamos impuestos y los sueldos de los profesores salen de los impuestos.

Ramona sabía que los impuestos eran algo malo que hacía preocuparse a los padres.

—Deberíais dejar de pagar impuestos —informó Ramona a su madre.

La señora Quimby sonrió.

—Nos encantaría..., por lo menos, hasta que terminemos de pagar la habitación que hemos añadido a la casa. Pero, ¿cómo se te ha ocurrido esa idea?

—La señora Ballenay me tiene manía

—contestó Ramona—. Tendría que tratarme bien. Es parte de su trabajo.

Lo único que dijo la señora Quimby fue:

—Si estás así de quejica en el colegio, puede que tratarte bien no sea tan fácil.

Ramona se indignó. Se suponía que su madre tenía que compadecer a su pobre niñita enferma.

Tiquismiquis entró en el salón y miró a Ramona fijamente, como si le pareciera extraño ver a Ramona en el sofá. Dio un salto artrítico, se subió encima de la manta, se lamió desde las orejas hasta la punta del rabo, aplastó la manta y, ronroneando, se instaló junto a Ramona, que se quedó muy quieta para que el gato no se marchara. Al ver que se había dormido, Ramona le acarició suavemente. *Tiquismiquis* no solía acercarse a ella, porque era demasiado revoltosa, según decía su madre.

En la pantalla de televisión apareció un hombre muy gracioso. Se había comido una *pizza* y tenía una indigestión. Se quejaba: «Es increíble que me la haya comido entera.» Ramona sonrió.

En el anuncio siguiente salía un gato andando hacia delante y hacia atrás, como si estuviera bailando.

—¿Tú crees que podemos enseñar a *Tiquismiquis* a hacer eso? —preguntó Ramona a su madre.

A la señora Quimby le hizo gracia imaginarse a *Tiquismiquis,* que ya estaba bastante viejo, bailando.

—No creo —dijo—. Además, ese gato no baila de verdad. Pasan la película hacia delante y hacia atrás para que parezca que baila.

¡Qué desilusión! Ramona cerró los ojos mientras aparecía otro anuncio de comida para gatos. Los abrió en el momento en que un enorme gato blanco despreciaba varias marcas de comida hasta que se ponía a comer unas galletas silenciosamente. «Qué raro», pensó Ramona. Cuando *Tiquismiquis* comía galletas de ésas, al masticarlas hacía tanto ruido que se le oía desde cualquier habitación de la casa, pero los gatos que salían en los anuncios siempre comían en silencio. Los anuncios mentían. Ni más, ni menos. Ramona se indignó con los anuncios de comida para gatos. ¡Tramposos! Se indignó con el mundo entero.

A última hora de la tarde, Ramona se despertó al oír el timbre. ¿Sería alguien interesante? Ojalá, porque estaba aburrida. Era Sara.

Ramona se echó hacia atrás, intentando ponerse más pálida y débil de lo que estaba mientras su madre decía:

—Hola, Sara. Me alegro de verte, pero creo que es mejor que no entres en casa hasta que Ramona se haya puesto bien del todo.

—Ya —dijo Sara—. Sólo he venido a traer unas cartas que han escrito los de la clase para Ramona y un libro que le manda la señora Ballenay para que lo lea.

—Hola, Sara —dijo Ramona con la sonrisa más débil que pudo conseguir.

—La señora Ballenay me ha dicho que te diga que este libro no es de los de TAL Tienes que hacer un informe —explicó Sara desde la puerta.

Ramona soltó un quejido.

—Me ha dicho que te diga —continuó Sara— que quiere que hablemos del libro en clase como si quisiéramos venderlo. No quiere que le contemos el argumento entero. Dice que se sabe los argumentos de los libros de la biblioteca de memoria.

Ramona empezó a encontrarse peor. Aparte de tener que hacer un informe sobre el libro, iba a tener que escuchar los veinticinco informes del resto de la clase, lo cual era otro motivo para quedarse en casa.

Al marcharse Sara, Ramona examinó el sobre enorme que había traído. La señora Ballenay había escrito el nombre de Ramona con una letra «Q» en cursiva y debajo, en letras grandes: «¡Vuelve pronto!», seguido de un dibujo de una ballena y una «y».

«Seguro que no lo dice en serio», pensó Ramona. Abrió el sobre que contenía las primeras cartas que le habían escrito en su vida.

—Madre, ¡las han escrito en cursiva! —gritó, encantada.

Aunque todas las cartas decían más o menos lo mismo —sentimos que te hayas puesto enferma y esperamos que se te pase pronto—, Ramona se puso contenta. Sabía que su profesora les había mandado escribirlas para que aprendieran a escribir cartas, aparte de practicar su caligrafía, pero no le importaba.

Había una carta que era distinta. El gamberro había escrito: «Querida superpiés, ponte bien pronto o me voy a comer tu goma de borrar.» Ramona sonrió, porque en la carta se notaba que la echaba un poco de menos. Estaba deseando que volviera su padre y su hermana para alardear de las cartas que había recibido.

Ramona esperaba pacientemente. Le aburría ver la televisión y se sentía incómoda de estar en la misma postura para no molestar a *Tiquismiquis*. Qué pena les iba a dar verla tan pálida y tan delgada. Seguro que su padre le traía algún regalito, algo para entretenerse mientras estaba en la cama. ¿Un libro, ahora que ya leía libros con capítulos? ¿Ceras para dibujar? Su padre sabía lo importante que es tener unas ceras afiladas para poder dibujar bien.

Bea llegó primero, con una pila de libros que dejó caer en un sillón.

—¡Deberes! —dijo, soltando un gruñido.

Ahora que estaba en bachillerato, siempre estaba hablando de la cantidad de deberes que tenía que hacer, como si Ramona no hiciera nada en el colegio.

—¿Qué tal estás? —dijo, por fin.

—Mal —dijo Ramona con una voz muy débil—, pero me han escrito todos los de mi clase.

Bea echó un vistazo al montón de cartas.

—Lo han copiado de la pizarra —dijo.

—Escribir una carta entera en letra cursiva no es tan fácil para muchos de los que están en tercero —dijo Ramona, dolida al ver cómo Bea despreciaba sus cartas.

Dio un empujón a *Tiquismiquis* para poder estirar las piernas. La televisión seguía con su sonido zumbón.

—¿Qué le habrá pasado a vuestro padre? —comentó la señora Quimby, mirando por la ventana.

Ramona sabía por qué su padre se estaba retrasando, pero no dijo nada. Estaba comprándole un regalito por estar enferma. Qué ganas tenía de ver lo que era.

—Nos han mandado hacer un informe de un libro —dijo a Bea para que se enterara de que ella también tenía deberes—. Tenemos que hacer que vendemos un libro.

—Eso lo he hecho yo un par de veces —dijo Bea—. La profesora siempre dice que no hay que contar el argumento entero y la mitad de los niños acaban diciendo: «Si queréis saber lo que pasa después, leeros el libro», y siempre hay alguien que dice: «Leeros el libro si no queréis que os dé un puñetazo en la nariz.»

Ramona sabía muy bien quién iba a decir algo así en su clase. El gamberro, por supuesto.

—Ahí está —dijo la señora Quimby, apresurándose a abrir la puerta al padre de

Ramona, que dio un beso a su mujer al entrar.

—¿Dónde está el coche? —preguntó ella.

—Malas noticias —dijo el señor Quimby con voz de cansado—. Hay que cambiarle los cilindros.

—¡Vaya! —dijo la señora Quimby, atónita—. ¿Y cuánto va a costar?

El señor Quimby dijo con aspecto grave:

—Mucho. No tenemos dinero para pagarlo.

—Vamos a tener que pagarlo como sea —dijo la señora Quimby—. No podemos quedarnos sin coche.

—Me han dicho que me dejan pagarlo a plazos —explicó él— y voy a trabajar alguna hora más como ayudante de Papá Noel en el almacén.

—Ojalá hubiera alguna otra solución... —dijo la señora Quimby, yéndose hacia la cocina a preparar la cena con un aspecto muy triste.

Fue entonces cuando el señor Quimby prestó atención a Ramona.

—¿Cómo estás, cielo? —preguntó.

—Mal —dijo Ramona, olvidándose de poner cara de enferma, porque le daba rabia que su padre no le hubiera traído un regalo.

—Anímate —dijo el señor Quimby, sonriendo a medias—. Por lo menos, no necesitas unos cilindros nuevos y mañana te encontrarás mejor.

—¿Para qué sirven los cilindros? —preguntó Ramona.

—Para hacer que el coche ande —explicó su padre.

—Ah —dijo Ramona. Luego, para demostrar a su padre que ella también tenía problemas, añadió—: Tengo que hacer un informe sobre un libro para el colegio.

—Pues escribe algo interesante —dijo el señor Quimby mientras iba a lavarse las manos para cenar.

Ramona sabía que su padre estaba preocupado, pero no pudo evitar pensar que podía haber compadecido un poco más a su hija pequeña. Parecía que quería más al coche que a ella. Se echó sobre la almohada, sintiéndose verdaderamente débil, harta de televisión y lamentando que su padre tuviera que trabajar más horas en el almacén de congelados, donde a pesar de ponerse muchos pares de calcetines, siempre tenía los pies fríos y a veces tenía que salir fuera para recuperar el color en las mejillas.

Cuando su madre, después de haber puesto la cena al resto de la familia, dijo que había llegado el momento de que Ramona se metiera en la cama y cenase con una bandeja, Ramona estaba bien dispuesta a obedecer. Era agradable saber que su madre no la consideraba un latazo.

El informe de Ramona

En la familia Quimby, todo eran preocupaciones. Los padres estaban preocupados porque tenían que arreglarse sin el coche mientras le cambiaban los cilindros y lo peor de todo era que había que pagar el arreglo. Bea estaba preocupada porque le habían invitado a una fiesta a la que iban chicos. Se estaba temiendo que acabaran bailando y le daba vergüenza bailar. Además, los chicos de su edad, según ella, se ponían tontos en las fiestas. Ramona, que aún no estaba bien del todo, estuvo un día más metida en casa, dando vueltas y preocupándose por su informe. Si lo hacía interesante, la señora Ballenay iba a pensar que quería llamar la atención. Si no lo hacía interesante, no le iba a gustar.

Para colmo, Bea, al pasar por el comedor aquella noche, miró por casualidad la cabeza de su padre, que estaba inclinado sobre sus libros.

—¡Papa, se te está cayendo el pelo! —gritó horrorizada.

Ramona se acercó corriendo.

—No es para tanto —dijo, porque no quería que su padre se preocupara—. Aún no estás calvo.

La señora Quimby también inspeccionó la coronilla de su marido.

—Es verdad que se te ha caído algo de pelo —dijo, dándole un beso en la zona de la que hablaban—. No te preocupes. Yo me descubrí una cana la semana pasada.

—¿Qué es esto? ¿Un seminario sobre mi pelo? —preguntó el señor Quimby, cogiendo a su mujer por la cintura—. Tranquila. Te querré igual cuando estés vieja y con el pelo gris.

—Muchas gracias —dijo la señora Quimby, horrorizada de imaginarse a sí misma como una viejecita con el pelo gris.

Los dos soltaron una carcajada. El señor
Quimby soltó a su mujer y le dio una palmadita cariñosa en el trasero, lo cual divir-
tió y asombró a sus hijas.

Ramona se quedó algo confusa tras esta
conversación. No quería que a su padre se
le cayera el pelo, ni que a su madre se le
pusiera gris. Quería que sus padres se que-

daran exactamente igual que estaban ahora. Pero le había gustado mucho verles tan cariñosos uno con el otro. Sabía que su padre y su madre se querían, pero a veces, cuando estaban cansados y tenían prisa, o cuando tenían conversaciones largas y serias después de que las niñas se hubieran metido en la cama, ella se preocupaba, porque conocía a algunos niños cuyos padres habían dejado de quererse. Pero, en cuanto a los suyos, ahora sabía que no había ningún problema.

De repente, Ramona se puso tan contenta que ya no le parecía difícil hacer el informe sobre el libro. Pero tenía que conseguir que fuera interesante.

El libro, *El gato abandonado,* que la señora Ballenay había mandado a Ramona para que lo leyera e hiciera un informe, estaba dividido en capítulos, pero estaba escrito como si fuera para un niño pequeño. Era la historia de un gato abandonado por una familia al mudarse de casa y contaba sus aventuras con un perro, otro gato y unos niños. El gato acababa viviendo en casa de un par de viejecitos muy simpáticos que le daban un cuenco de nata y le ponían de nombre *Copo de Nieve,* porque tenía una pata blanca.

«Bastante aburrido», pensó Ramona. No estaba mal para leer en el autobús, pero no era suficientemente bueno para la lectura silenciosa prolongada. Además, la nata es demasiado cara para dársela a un gato. «Como mucho, los viejecitos le darían mitad nata, mitad leche», pensó. Ramona pretendía que los libros, y las personas, por supuesto, hablaran con propiedad.

—Papá, ¿qué se hace para vender una cosa? —dijo Ramona, interrumpiendo a su padre, que estaba estudiando, aunque sabía muy bien que no debía molestarle.

El señor Quimby no levantó la vista del libro.

—Parece mentira que no lo sepas, con la cantidad de anuncios que ponen en la tele...

Ramona se quedó pensando. Siempre había considerado los anuncios como algo divertido, pero ahora empezó a acordarse de los que más le gustaban: los gatos que bailaban hacia delante y hacia atrás; el perro que apartaba la marca X de comida con una pata; el hombre que se comía una *pizza,* tenía una indigestión, se quejaba y decía que era increíble habérsela comido entera; los seis caballos que atravesaban desiertos y montañas, tirando de una diligencia.

—¿Tú crees que se puede hacer un informe como si fuera un anuncio de la tele? —preguntó Ramona.

—¿Por qué no? —contestó el señor Quimby distraído.

—No quiero que mi profesora diga que soy un latazo —dijo Ramona, que necesitaba que alguna persona mayor le devolviera la confianza en sí misma.

Esta vez, el señor Quimby levantó la mirada de su libro.

—Vamos a ver —dijo—. Te ha pedido que te imagines que estás vendiendo un libro. Así que, véndelo. Los anuncios de la tele sirven para vender, ¿no? No puedes ser un latazo si haces lo que te ha pedido la profesora —dijo. Se detuvo, miró a Ramona y añadió—: ¿Por qué te preocupa que diga que eres un latazo?

Ramona miró fijamente a la alfombra, movió los dedos de los pies dentro de los zapatos y por fin, dijo:

—El primer día de colegio, me crujían los zapatos.

—Eso no es ser un latazo —dijo el señor Quimby.

—Y cuando se me llenó el pelo de huevo, la señora Ballenay dijo que yo era un latazo —confesó Ramona—. Y luego, vomité en el colegio.

—Pero todo eso no lo has hecho aposta —le dijo su padre—. Y ahora, déjame estudiar, anda.

Ramona dio vueltas a la contestación de su padre y decidió que como su madre también había dicho que ella no lo había hecho aposta, debía ser verdad. Bueno, pues, por ella, que la señora Ballenay se tirara a un río, aunque había escrito, sin derrochar palabras, que la echaba de menos. Ramona iba a hacer el informe como más le apeteciera. La señora Ballenay, que se fastidiara.

Fue a su habitación, se quedó mirando su mesa, «el estudio de Ramona», como le llamaban los demás de la familia, porque estaba abarrotada de ceras para dibujar, papel de diferentes tipos, papel *cello,* trozos de lana y toda una serie de cachivaches que había ido reuniendo. Pensó durante unos minutos y de repente, llena de inspiración, se puso manos a la obra. Sabía perfectamente lo que quería hacer y cómo quería hacerlo. Usó papel, ceras, papel *cello* y gomas elásticas. Se puso a trabajar tan intensamente y se estaba divirtiendo tanto, que se le enrojecieron las mejillas. No hay nada mejor en el mundo entero que ponerse a hacer algo partiendo de una idea repentina.

Finalmente, soltando un suspiro de alivio, Ramona se echó hacia atrás en la silla y contempló su labor: tres caretas de gato, con agujeros para los ojos y la boca, y con gomas para atárselas a las orejas. Pero Ramona no se detuvo ahí. Cogiendo papel y lápiz, se puso a escribir lo que iba a decir. Se le ocurrieron tantas ideas que usó letra de imprenta, porque con letra cursiva iba a perder más tiempo. Luego llamó por teléfono a Sara y Julia y les explicó su plan, hablando en voz baja e intentando no reírse para no molestar mucho a su padre. Sus amigas se rieron y aceptaron participar en el informe. Ramona pasó el resto de la tarde aprendiendo de memoria lo que iba a decir.

A la mañana siguiente, nadie, ni en el autobús, ni en el colegio, sacó el tema de que.Ramona había vomitado. Estaba convencida de que el gamberro iba a hacer algún comentario, pero lo único que dijo fue:

—Hola, superpiés.

Al empezar la clase, Ramona dio las caretas a Sara y a Julia, entregó una justificación de su ausencia a la señora Ballenay y esperó a que empezaran con los informes, abanicándose para apartar a las moscas que se habían escapado de los botes de copos de avena.

Cuando terminaron los ejercicios de matemáticas, la señora Ballenay pidió a varios niños que salieran a la pizarra a hacer que estaban vendiendo libros a los de la clase. La mayoría de los informes empezaban con la frase: «Este libro trata sobre...» y muchos, como había dicho Bea, acababan diciendo: «...si queréis saber lo que pasa luego, leeros el libro».

Entonces la señora Ballenay dijo:

—Tenemos tiempo para oír un informe más antes de irnos a comer. ¿Quién quiere salir?

Ramona levantó la mano y la señora Ballenay asintió con la cabeza.

Ramona hizo un gesto a Sara y Julia, que soltaron una risita avergonzada, pero se unieron a ella, colocándose detrás de ella. Las tres niñas se pusieron sus caretas de gato y volvieron a soltar una risita. Ramona respiró con fuerza mientras Sara y Julia, bailando hacia delante y hacia atrás, como en el anuncio de comida para gatos que habían visto en la televisión, empezaban a cantar:

—Miau, miau, miau, miau. Miau, miau, miau, miau.

—*El gato abandonado* consigue que los niños sonrían —dijo Ramona con voz clara mientras su coro maullaba suavemente tras ella.

No estaba segura de que fuera verdad lo que acababa de decir, pero los anuncios en los que salían gatos comiendo galletas sin hacer ruido tampoco eran verdad.

—Los niños que han leído *El gato abandonado* son todo sonrisas, sonrisas, sonrisas. Todos los niños piden *El gato abandonado*. Pueden leerlo todos los días y seguir disfrutando de él. Los niños más felices son los que leen *El gato abandonado. El gato abandonado* contiene gatos, perros, personas... —En ese momento, Ramona vio al gamberro echado hacia atrás en su silla, sonriendo de esa manera que le ponía tan nerviosa. No pudo contenerse y soltó una risita. Después de lograr dominarse procuró no mirar al gamberro y siguió hablando—: ...gatos, perros, personas... —Le volvió a entrar la risa y se perdió. No lograba acordarse de lo que venía después. Repitió—: ...gatos, perros, personas... —e intentó volver a empezar, sin conseguirlo.

La señora Ballenay y el resto de la clase esperaban atentos. El gamberro seguía sonriendo. El coro, leal a Ramona, seguía maullando y bailando. Pero no podían estar así toda la mañana. Ramona tenía que decir algo, cualquier cosa, para acabar con la espera, los maullidos y el informe. Inten-

tó desesperadamente acordarse de algún
anuncio de comida para gatos, cualquiera
en el que saliera un gato, pero no podía.

Sólo se acordaba del señor que acababa de comerse una *pizza,* así que soltó la primera frase que se le ocurrió:

—¡Es increíble que me la haya comido entera!

La carcajada de la señora Ballenay se oyó por encima de la del resto de la clase. Ramona notó que se había puesto roja por debajo de la careta y las orejas, que estaban descubiertas, también se le pusieron rojas.

—Gracias, Ramona —dijo la señora Ballenay—. Ha sido muy entretenido. Bueno, podéis salir a comer.

Al tener la cara tapada por la careta, Ramona se sintió valiente.

—Señora Ballenay —dijo mientras los de su clase separaban las sillas de los pupitres y cogían su comida—, el final de mi informe no era así.

—¿Te ha gustado el libro? —preguntó la señora Ballenay.

—No mucho —confesó Ramona.

—Entonces, creo que ha sido un buen final para tu informe —dijo la profesora—. Pediros que intentéis vender libros que no os gustan es una tontería, ahora que lo pienso. Lo he hecho para variar un poco, para que no tuvierais que hacer el resumen de siempre.

Animándose al oír esta confesión y aún protegida por su careta, Ramona se atrevió a sacar el tema.

—Señora Ballenay —dijo, notando que el corazón le latía con fuerza—, usted dijo a la señora Larson que soy un latazo, y no estoy de acuerdo.

La señora Ballenay se quedó atónita.

—¿Cuándo dije eso? —preguntó.

—El día que me llené el pelo de huevo —dijo Ramona—. Me llamó «graciosita» y dijo que soy un latazo.

La señora Ballenay hizo memoria.

—Pues..., recuerdo haber dicho algo de la graciosita de mi clase, pero lo dije cariñosamente y estoy segura de que nunca te he llamado «latazo».

—Sí —insistió Ramona—. Me llamó «graciosita» y luego dijo: «Menudo latazo.»

Ramona nunca olvidaría aquella frase.

La señora Ballenay dejó de preocuparse y sonrió aliviada.

—Ay, Ramona, lo has entendido mal —dijo—. Yo me refería a que tener que lavarte la cabeza llena de huevo era un latazo para la señora Larson. No quería decir que tú fueras un latazo.

Ramona se sintió algo mejor, lo suficiente como para salir de debajo de la careta y decir:

—No me estaba haciendo la graciosa. Sólo quería romper la cáscara del huevo con la cabeza, como todos los demás.

La señora Ballenay sonrió con malicia.

—A ver, Ramona —dijo—. ¿Tú nunca intentas llamar la atención?

Ramona se sintió avergonzada.

—Pues... puede que... a veces... un poco —admitió. Luego añadió con mucha seguridad—: Pero ese día no. ¿Cómo iba a llamar la atención si estaba haciendo lo mismo que todos los demás?

—Me has convencido —dijo la señora Ballenay con una gran sonrisa—. Y ahora, vete a comer, anda.

Ramona cogió su comida y bajó las escaleras a saltos hasta llegar a la cafetería. Iba riéndose sola, porque sabía exactamente lo que iban a decir los de su clase al acabar de comer. Lo sabía porque ella también pensaba decirlo: «¡Es increíble que me la haya comido entera!»

Un domingo lluvioso

Los domingos lluviosos del mes de noviembre eran horribles, pero a Ramona le parecía que aquella tarde de domingo era la peor de todas. Pegó la nariz al cristal de la ventana del salón, viendo caer la lluvia incesante y las ramas negras y desnudas que hacían agitarse a los cables eléctricos que había enfrente de la casa. Incluso la comida (las sobras con las que quería acabar la señora Quimby) había sido triste, porque sus padres habían hablado muy poco y Bea estaba de un mal humor bastante misterioso. Ramona estaba deseando que saliera el sol, que se secaran las aceras, que se pudiera salir a patinar y que los de su familia se pusieran contentos y sonrientes.

—Ramona, no has ordenado tu habitación este fin de semana —dijo la señora Quimby, que estaba sentada en el sofá revisando un montón de facturas—. Y no pegues la cara a la ventana, que se queda la marca.

A Ramona le dio la sensación de que todo lo que hacía estaba mal. Todos estaban de mal humor, incluso *Tiquismiquis,* que se había puesto a maullar delante de la puerta. Soltando un suspiro, la señora Quimby se levantó para dejarle salir. Bea, llevando una toalla y un bote de champú en la mano, atravesó el salón dando grandes zancadas y entró en la cocina, donde se puso a lavarse el pelo. El señor Quimby, que estaba estudiando en la mesa del comedor, como de costumbre, escribía frenéticamente. La televisión estaba oscura y silenciosa, y, en la chimenea, un tronco sombrío se negaba a arder.

La señora Quimby se sentó y volvió a levantarse al oír que *Tiquismiquis,* empapado e indignado con el mundo exterior, aullaba para que le dejaran entrar.

—Ramona, ve a ordenar tu habitación —dijo su madre mientras dejaba entrar al gato y a una ráfaga de aire frío en la habitación.

—Bea tampoco ha ordenado la suya —dijo Ramona sin poder contenerse.

—No estamos hablando de Bea —dijo la señora Quimby—. Estamos hablando de ti.

Ramona siguió con la cara pegada a la ventana. Ordenar su habitación le parecía aburridísimo, sobre todo en una tarde de lluvia como aquélla. Distraída, se puso a pensar en todas las cosas divertidas que le gustaría hacer —aprender a manejar un lazo, como los vaqueros, hacer música con un serrucho como los payasos, hacer piruetas en unas barras de gimnasia mientras el público aplaude.

—¡Ramona, ve a ordenar tu habitación! —dijo la señora Quimby levantando la voz.

—Bueno, no hace falta que me grites —dijo Ramona.

Le daba rabia que su madre le hablara en ese tono. El tronco de la chimenea se movió, haciendo que saliera humo.

—Obedece y ya está —dijo la señora Quimby, enfadada—. Tu habitación es un auténtico desastre.

El señor Quimby tiró el lápiz encima de la mesa.

—Jovencita, haz caso a tu madre ahora mismo. No tiene por qué decirte las cosas tres veces.

—Bueno, vale, pero no hace falta que os pongáis así —dijo Ramona al tiempo que, pensaba: «Bla, bla, bla».

Sintiéndose muy desgraciada, Ramona fue a su habitación y sacó de debajo de la cama los calcetines sucios que se le habían acumulado durante una semana. De camino hacia el cesto de la ropa sucia que había en el cuarto de baño, miró por el pasillo y vio a su hermana de pie en el salón, secándose el pelo con una toalla.

—Madre, eres una antipática —dijo Bea desde debajo de la toalla.

Ramona se quedó escuchando.

—Me da igual ser una antipática o no —contestó la señora Quimby—. He dicho que no vas y no vas.

—Pero todas las demás van —protestó Bea.

—Me da igual que las demás vayan —dijo la señora Quimby—. Tú no vas.

Ramona oyó el ruido de un lápiz dando un golpe en la mesa y a su padre diciendo:

—Tu madre tiene razón. Y ahora, si no os importa, me gustaría un poco de paz y tranquilidad para poder estudiar.

Indignada, Bea pasó junto a Ramona, entró en su habitación y se encerró dando un portazo. Luego se oyeron sollozos, sollozos largos y enfurecidos.

«¿Dónde querrá ir?», se preguntó Ramona mientras metía el montón de calcetines en el cesto de la ropa sucia. Luego, como ya había ordenado su habitación, Ramona volvió al salón, donde *Tiquismiquis,* igual de enfadado y aburrido que el resto de la familia, estaba otra vez maullando delante de la puerta.

—¿Dónde quiere ir Bea? —preguntó Ramona.

La señora Quimby abrió la puerta y al ver que *Tiquismiquis* dudaba, molesto por la ráfaga de viento helado que entraba desde fuera, le empujó suavemente con la punta del pie.

—Quiere quedarse a dormir en casa de María con las de su clase.

Si hubiera sido el año pasado, Ramona hubiera dicho que le parecía muy bien que no la dejara ir, porque así su madre la querría más que a Bea, pero este año sabía que a ella también le podía apetecer quedarse a dormir en casa de una amiga.

—¿Por qué no puede quedarse a dormir en casa de María? —preguntó.

—Porque vuelve a casa agotada y de mal humor —contestó su madre, que se había quedado junto a la puerta, esperando.

El aullido de *Tiquismiquis* se mezcló con el ruido del viento, y cuando la señora

Quimby abrió la puerta, volvió a entrar una ráfaga de aire frío.

—Teniendo en cuenta el precio del fuel oil, es mejor no abrir mucho la puerta —comentó el señor Quimby.

—Si no dejo salir al gato, ¿te haces tú responsable de lo que pueda ocurrir? —preguntó la señora Quimby antes de terminar de responder a Ramona—: En esta familia hay cuatro personas y Bea no tiene derecho a estropearnos el día porque haya estado despierta la mitad de la noche hablando de tonterías con las de su clase. Además, está en edad de crecer y necesita dormir bien.

Ramona estaba de acuerdo con su madre en que no había quien aguantara a Bea después de una nochecita de ésas. Pero, por otra parte, quería ir preparando a su madre para cuando ella estuviera en bachillerato.

—Puede que esta vez se duerman antes —sugirió.

—Y un jamón —dijo su madre, que casi nunca hablaba así de mal—. Por cierto, Ramona, la señora Kemp no me lo ha dicho claramente, pero ha insinuado que te podías portar mejor con Guillermina.

Ramona soltó un suspiro que pareció salirle de las suelas de los zapatos. En su habitación, Bea, que había agotado las existencias de sollozos auténticos, estaba haciendo un gran esfuerzo para que le salieran sollozos falsos, porque quería dejar claro que sus padres eran unos antipáticos con ella.

La señora Quimby ignoró los suspiros y los sollozos y continúo hablando:

—Ramona, sabes muy bien que tu deber en esta familia es llevarte bien con los Kemp. No es la primera vez que te lo digo.

¿Cómo iba Ramona a explicar a su madre que Guillermina se había dado cuenta de que la lectura silenciosa prolongada consistía simplemente en leerse un libro? Durante una temporada, Guillermina se había empeñado en que Ramona le leyera en alto los libros aburridos que había en casa de los Kemp, los típicos libros que regalan a los niños las personas que no entienden nada de niños. Escuchó varios libros y acabó aburriéndose. Ahora insistía en jugar a peluqueras. Ramona no quería que Guillermina le pintara las uñas y sabía que si manchaban algo le iban a echar la culpa a ella. Se suponía que la señora Kemp tenía que hacerse cargo de Ramona, pero resultaba que Ramona había acabado haciéndose cargo de Guillermina.

Ramona bajó la vista, volvió a suspirar y dijo:

—De verdad que lo intento.

Se daba pena a sí misma. Nadie la comprendía ni la apoyaba. Nadie en el mundo entero entendía lo difícil que era ir a casa de los Kemp después del colegio sin tener una bicicleta.

La señora Quimby se ablandó un poco.

—Ya sé que no es fácil —dijo, sonriendo a medias—, pero tienes que intentarlo.

Cogió las facturas y el talonario y se fue a la cocina, donde se sentó y se puso a extender cheques.

Ramona fue al comedor para ver si su padre la consolaba un poco. Apoyó la mejilla en la manga de la camisa a cuadros de su padre y preguntó:

—Papa, ¿qué estás estudiando?

El señor Quimby volvió a tirar el lápiz encima de la mesa.

—Estoy estudiando el proceso cognoscitivo infantil.

Ramona levantó la cabeza para mirarle.

—¿Qué es eso? —preguntó.

—Se trata de intentar entender cómo piensan los niños —le explicó su padre.

A Ramona no le hizo ninguna gracia que estuviera estudiando esa asignatura.

—¿Para qué estudias eso? —preguntó indignada.

Hay cosas que son privadas y cómo piensan los niños es una de ellas. No le gustaba nada la idea de que los mayores intentaran averiguarlo, espiando y rebuscando en libros gordísimos.

—Eso me gustaría saber a mí —dijo el señor Quimby, muy serio—. ¿Qué hago yo estudiando esto cuando tengo montones de facturas que pagar?

—Pues no lo estudies —dijo Ramona—. No es asunto tuyo —pero como no quería que su padre dejara la universidad y volviera a trabajar de cajero, añadió rápidamente—: Puedes estudiar otras cosas, como los insectos en la fruta.

El señor Quimby sonrió y acarició a Ramona en la cabeza.

—No te preocupes, no creo que nadie consiga averiguar cómo piensas tú —dijo, tranquilizando bastante a Ramona, que se convenció de que sus secretos seguían a salvo.

El señor Quimby se quedó absorto, mirando por la ventana y mordisqueando su bolígrafo. Bea, que había decidido dejar de intentar llamar la atención lloriqueando, salió de su habitación con los ojos rojos y el pelo húmedo, dedicándose a pasear por la casa sin hablar con nadie.

Ramona se dejó caer en el sofá. Odiaba los domingos lluviosos, sobre todo éste, y estaba deseando que llegara el lunes, para poder escaparse al colegio. Le daba la sensación de que la casa había encogido y se había hecho demasiado pequeña para los Quimby y todos sus problemas. Intentó no pensar en las conversaciones que tenían sus padres cuando ellas ya estaban en la cama, conversaciones serias, de las que había oído lo suficiente como para saber que sus padres estaban preocupados por su futuro.

Ramona también tenía sus preocupaciones secretas. Le daba miedo que su padre se quedara encerrado en el almacén de congelados donde hacía tanto frío que a veces nevaba. ¿Y si a su padre le tocaba un pedido enorme y los señores que tenían pedidos pequeños acababan antes que él, se marchaban y cerraban la puerta sin querer? No podría salir y se congelaría. Bueno, pero eso no iba a pasar. «Pero puede pasar», insistía una vocecita que salía de algún rincón de su cabeza. «No seas tonta», dijo la vocecita. «Sí, pero...», empezó la vocecita otra vez. Y a pesar de esta preocupación, Ramona quería que su padre siguiera trabajando para que pudiera seguir en la universidad y acabar consiguiendo un trabajo que le gustara.

Mientras Ramona daba vueltas a sus problemas, la casa se había quedado en silencio, exceptuando el ruido de la lluvia y del bolígrafo con que escribía su padre. El tronco humeante se movió dentro de la chimenea, haciendo saltar unas chispas. Había empezado a anochecer y a Ramona le estaba entrando hambre, pero, por lo silenciosa que estaba la cocina, no parecía que hubiera nadie preparando la cena.

De repente, el señor Quimby cerró su libro y tiró el bolígrafo con tanta fuerza que rebotó en la mesa y cayó al suelo. Ramona dio un respingo. ¿Qué habría pasado?

—Bueno, en marcha —dijo su padre—. Nos vamos. Se acabó el mal humor. Vamos a salir a cenar fuera y vamos a sonreír, por mucho que nos cueste. ¿Está claro?

Las niñas miraron primero a su padre y luego se miraron una a la otra. ¿Sería verdad? Llevaban meses sin salir fuera a cenar. ¿No decían que andaban mal de dinero?

—¿Vamos a un *burger?* —preguntó Ramona.

—Muy bien —dijo el señor Quimby, que parecía estar de buen humor por primera vez en todo el día—. ¿Por qué no? Vamos a tirar la casa por la ventana.

La señora Quimby entró en el salón con un montón de sobres listos para el correo.

—Pero, Bob... —dijo.

—No te preocupes —dijo su marido—. Ya nos las arreglaremos. Durante la campaña de Navidad voy a estar más horas trabajando en el almacén y ganando más por hacer horas extras. No veo por qué no vamos a divertirnos de vez en cuando. Además, un *burger* no es precisamente un restaurante de cuatro estrellas.

Ramona se estaba temiendo que su madre les diera un sermón sobre lo mala que es la comida de los *burger,* pero no fue así. Todos olvidaron su tristeza y su mal humor. Se cambiaron de ropa, se peinaron, encerraron a *Tiquismiquis* en el sótano y se metieron en el coche, que funcionaba muy bien con sus cilindros nuevos. Al llegar al *burger* más cercano, descubrieron que no eran la única familia a la que se le había ocurrido salir de casa en aquel día lluvioso, porque estaba abarrotado y tuvieron que esperar a que les dieran una mesa.

Mientras esperaban, los mayores y Bea lograron sentarse, pero Ramona, que era la que tenía las piernas más jóvenes, tuvo que quedarse de pie. Se entretuvo tocando los botones de la máquina de tabaco al son de la música que estaban poniendo. Luego se puso a bailar al ritmo de la canción y cuando acabó, hizo un giro y se encontró de bruces con un señor mayor que tenía el pelo gris y un bigote con las puntas vueltas hacia arriba. En cuanto a la ropa que llevaba —una camisa a flores, una chaqueta a rayas y unos pantalones de cuadros—, parecía que se había comprado cada cosa en una tienda diferente o en las rebajas, pero llevaba los pantalones bien planchados y los zapatos pulidos.

El señor, que iba muy tieso, hizo un saludo militar a Ramona y le dijo:

—Jovencita, ¿te has portado bien?

Ramona se quedó atónita. Se dio cuenta de que se había puesto roja hasta la punta de las orejas. No sabía qué contestar. ¿Que si se había portado bien? Bueno..., más o menos, pero ¿para qué quería saberlo? No era asunto suyo. No tenía derecho a preguntarle eso.

Miró a sus padres para que la ayudaran y descubrió que estaban muy sonrientes, esperando su respuesta. Y las otras personas que estaban esperando para sentarse también estaban pendientes de ella. Ramona frució el ceño. No tenía por qué contestar si no quería.

La camarera salvó a Ramona de la situación al decir:

—Señor Quimby, mesa para cuatro.

Después guió a la familia hacia una mesa redonda rodeada de un banco corrido de plástico.

—¿Por qué no has contestado al señor? —preguntó Bea, que estaba igual de divertida que los demás.

—Yo no hablo con desconocidos —contestó Ramona, muy digna.

—Pero estamos con papá y mamá —dijo su hermana con bastante mala idea.

—Acordaos —dijo el señor Quimby mientras miraba la carta— de que vamos a divertirnos y sonreír, por mucho que nos cueste.

Ramona, indignada, cogió la carta. Puede que no se portara bien siempre, pero ese hombre no tenía ningún derecho a meterse en su vida. Al descubrir que estaba sentado, solo, en una mesa que había al otro lado del pasillo, le lanzó una mirada furibunda, a la que él contestó guiñando un

ojo con cara de guasa. Lo que faltaba. Ramona se enfureció aun más.

Al abrir la carta, hizo un descubrimiento importante. Ya no tenía que mirar los dibujos de las hamburguesas, las patatas y el chile para decidir lo que quería comer. Ahora sabía leer. Estudió la carta detenidamente y al llegar al final leyó las palabras temidas: «Menú infantil para niños menores de doce años.» Luego venía una lista de posibilidades: palitos de pescado, muslos de pollo, perritos calientes. A Ramona no le apetecía ninguna de esas cosas. Era la misma comida que había en la cafetería del colegio.

—Papá —susurró Ramona—, ¿tengo que comer algo del menú infantil?

—Si no quieres, no —dijo su padre con una sonrisa comprensiva.

Ramona pidió lo más pequeño que encontró en el menú de los mayores.

En los *burger* sirven la comida muy deprisa, y a los pocos minutos la camarera trajo la cena de los Quimby: una hamburguesa con patatas para Ramona, una hamburguesa con queso y patatas para Bea y su madre y una hamburguesa con chile para su padre.

Ramona mordió su hamburguesa. Qué buena. Caliente, blanda, jugosa, agridulce y bien sazonada. La salsa le chorreó por la barbilla. Se dio cuenta de que su madre iba a decirle algo, pero cambió de idea. Ramona se limpió la salsa con una servilleta de papel antes de que le llegara al cuello de la camisa. Las patatas fritas, crujientes por fuera y blandas por dentro, le parecieron lo mejor del mundo entero.

La familia comió en un silencio muy agradable durante un tiempo, hasta que se les empezó a quitar un poco el hambre.

—Es verdad que viene bien cambiar de aires de vez en cuando —dijo la señora Quimby—. Nos hacía falta a todos.

—Sobre todo después de lo de... —Ramona iba a referirse al comportamiento de Bea aquella tarde, pero acabó sonriendo y sentándose muy recta en la silla.

—Pues yo no he sido la única que... —Bea también se detuvo en mitad de la frase y sonrió.

Sus padres, que se habían empezado a poner serios, también esbozaron una sonrisa. De repente, todos se relajaron y sonrieron.

Ramona vio que el señor mayor estaba comiendo un chuletón. Le hubiera gustado que su padre tuviera bastante dinero para que ellos también pudieran comer chuletones.

Aunque le estaba gustando mucho su hamburguesa, Ramona no logró terminársela. Era demasiado grande. Se alegró de que su madre no le dijera que comía con los ojos. Su padre, sin comentar que no se había terminado la hamburguesa, pidió para ella el mismo postre que para los demás: tarta de manzana con helado y salsa de canela caliente.

Ramona comió lo que pudo y después de contemplar cómo la salsa de canela iba derritiendo el helado, miró al señor mayor, que estaba discutiendo con la camarera. Ella parecía sorprendida y enfadada a la vez. La música, la conversación de los otros clientes y el ruido de platos y cubiertos hacían que fuera imposible oír la conversación. Ramona vio a la camarera hablando con su jefe, que la escuchó y asintió con la cabeza. Al principio, Ramona había pensado que el señor no debía tener bastante dinero para pagar el chuletón que se había comido. Pero no se trataba de eso, porque después de oír lo que decía la camarera, dejó una propina bajo el borde de su plato y cogió la factura. Ante el asombro y la vergüenza de Ramona, se levantó, le guiñó un ojo y volvió a hacer un saludo militar. Luego se marchó. Ramona se quedó desconcertada.

Se volvió hacia su familia, cuyas sonrisas esta vez eran auténticas y no forzadas.

Dándose cuenta de ello, Ramona se atrevió a hacer la pregunta que le estaba dando vueltas en la cabeza:

—Papá, no vas a dejar de estudiar, ¿verdad?

El señor Quimby terminó de masticar la tarta de manzana que estaba comiendo antes de contestar:

—Ni hablar.

Ramona quería asegurarse.

—¿Y no vas a volver a trabajar de cajero y llegar a casa de mal humor? —preguntó.

—Bueno —dijo su padre—, no puedo prometerte que nunca vaya a volver a casa de mal humor, pero, si ocurre, te aseguro que no va a ser por haber estado de pie delante de una caja intentando acordarme de los cuarenta y dos cambios que ha habido en los precios mientras una fila de clientes, todos con prisa, esperan para pagar.

Ramona se quedó tranquila.

Cuando la camarera se acercó a los Quimby para ofrecer a los mayores una segunda taza de café, el señor Quimby dijo:

—La cuenta, por favor.

La camarera pareció avergonzarse.

—Es que... —se detuvo, indecisa—. Es

la primera vez que ocurre algo así, pero resulta que su cena ya está pagada.

Los Quimby la miraron atónitos.

—Pero, ¿quién la ha pagado? —preguntó el señor Quimby.

—Un caballero que se ha marchado hace un ratito —contestó la camarera.

—Debe ser ese señor que estaba al otro lado del pasillo —dijo la señora Quimby—. Pero, ¿por qué nos habrá invitado? No le conocemos de nada.

La camarera sonrió.

—Me ha dicho que les quería invitar porque son una familia muy simpática y porque echa de menos a sus hijos y a sus nietos.

Después de esta explicación, se dio la vuelta y desapareció, cafetera en mano, dejando a los Quimby anonadados, sin saber qué decir. ¿Una familia muy simpática? ¿Después de cómo se habían comportado todos aquel domingo?

—Un desconocido misterioso, como en los libros —dijo Bea—. Yo creía que no existían de verdad.

—Pobre hombre, debe estar muy solo —dijo la señora Quimby mientras el señor

Quimby metía una propina debajo del borde de su plato.

Aún bajo el impacto de la sorpresa, los Quimby se pusieron sus abrigos en silencio y atravesaron el aparcamiento encharcado hasta llegar al coche, que se puso en marcha a la primera y salió marcha atrás obedientemente. Mientras el parabrisas empezaba a moverse rítmicamente, la familia continuó en silencio, pensando en los acontecimientos del día.

—¿Sabéis una cosa? —dijo la señora Quimby pensativamente, mientras el coche salía del aparcamiento y bajaba por la calle—. Estoy de acuerdo con él. Somos una familia simpática.

—A veces —dijo Ramona, tan precisa como siempre.

—No hay nadie que sea simpático en todo momento —dijo su padre—. Y si lo hay, debe ser un aburrimiento.

—Ni siquiera vuestros padres son simpáticos siempre —añadió la señora Quimby.

Ramona estaba de acuerdo con ella, pero le sorprendió que lo admitiera. En cuanto a ella misma, Ramona estaba convencida de que, por dentro, era simpática siempre, pero, a veces, por fuera, su simpatía se le congelaba un poco. En esos momentos la gente no se daba cuenta de lo simpática que era en realidad. Quizá era porque al resto de la gente también se le congelaba la simpatía.

—Todos tenemos nuestros más y nuestros menos —dijo la señora Quimby—, pero procuramos llevarnos bien y salir adelante.

—Somos mejores que algunas familias que yo conozco —dijo Bea—. Hay familias que ni siquiera cenan juntas —después de unos segundos, acabó confesando—: La verdad es que no me gusta mucho lo de dormir en un saco tirada en el suelo.

—Ya lo sabía —dijo la señora Quimby, echando el brazo hacia atrás y dándole una palmadita en la rodilla—. Por eso he dicho que no te dejaba ir. En realidad, no te gusta, pero no querías admitirlo.

Ramona empezó a sentirse muy a gusto dentro de su abrigo, con el calor de la calefacción y rodeada de una familia tan simpática. Formaba parte de una familia unida y ya era lo bastante mayor como para que

pudieran contar con ella, de manera que
ella podía dejar de preocuparse —o intentar dejar de preocuparse— de muchas cosas. A Guillermina... a partir de ahora iba
a leerle en voz alta sus libros de lectura silenciosa prolongada, porque Guillermina
era suficientemente mayor como para en-

tender la mayoría de ellos. Eso la man-
tendría tranquila durante una temporada. La señora Ballenay... tenía cosas buenas y cosas malas. Ramona podía ir tirando.

—Lo del señor ese que nos ha pagado la
cena ha sido como una especie de final feliz

—comentó Bea mientras los Quimby, tan contentos en su coche, atravesaban la lluvia y la oscuridad en dirección a su casa.

—Un final feliz para hoy —corrigió Ramona.

¿Quién sabía lo que podía ocurrir mañana?

INDICE

1. El primer día de colegio 9
2. En casa de Javi 33
3. La moda de los huevos duros 50
4. La discusión de los Quimby 67
5. Un domingo muy especial 82
6. Superlatazo 99
7. La paciente 115
8. El informe de Ramona 132
9. Un domingo lluvioso 147